우주에서 온 소녀의

21세기

암
행
어
사

1

우주에서 온 21세기 암행어사 ❶

발행일	2023년 1월 20일		
지은이	김으겸		
펴낸이	손형국		
펴낸곳	(주)북랩		
편집인	선일영	편집	정두철, 배진용, 김현아, 윤용민, 김가람, 김부경
디자인	이현수, 김민하, 김영주, 안유경, 신혜림	제작	박기성, 황동현, 구성우, 권태련
마케팅	김회란, 박진관		
출판등록	2004. 12. 1(제2012-000051호)		
주소	서울특별시 금천구 가산디지털 1로 168, 우림라이온스밸리 B동 B113~114호, C동 B101호		
홈페이지	www.book.co.kr		
전화번호	(02)2026-5777	팩스	(02)3159-9637

ISBN	979-11-6836-658-9 04810 (종이책)	979-11-6836-659-6 04810 (세트)
	979-11-6836-660-2 05810 (전자책)	

(주)북랩 성공출판의 파트너

북랩 홈페이지와 패밀리 사이트에서 다양한 출판 솔루션을 만나 보세요!

홈페이지 book.co.kr • **블로그** blog.naver.com/essaybook • **출판문의** book@book.co.kr

---

작가 연락처 문의 ▸ ask.book.co.kr

작가 연락처는 개인정보이므로 북랩에서 알려드릴 수 없습니다.

김으겸
판타지
장편 소설

❶

요녀라 부르는 탐정 W

우주에서 온 소녀의
21세기

암
행
어
사

1

북랩

판타지 장편 소설을 쓰며……

하얗게 질린 표정으로 나를 내려다보는 하늘을 바라보며 나는 길게 심호흡을 하고 살짝 웃어주었다. 3개월 12일, 정확하게 114일. 망치 하나만 들고 시작한 내 집짓기 작업이 끝나는 날이었다.

남들이 백공이라고 부르듯 나는 혼자서 집을 짓는 기술을 가지고 있다. 조적과 외부 거푸집 목공. 콘크리트. 타일. 내장 목공. 수도. 배관 도배까지 나의 손을 거치지 않은 것은 오로지 전기 하나뿐이었다. 전기 배관을 못 하는 것은 아니다. 자격증도 있어야 하고 허가를 받아야 하기 때문이다. 30평 내 집 짓는데 들어간 돈은 4,370만 원이다. 인건비가 전혀 들어가지 않았기 때문이다. 천정 거푸집을 대기 위해 아래서 받쳐 주는 인원이 필요해 용역 딱 2명의 인건비 16만 원이 들어갔다. 3월 중순에 제주도에 와서 어느덧 7월이 코앞이다.

가장 취약한 기술 용접으로 옥상 난간을 만들고 힘차게 흔들어 보았다. 강철로 된 각 파이프가 단단히 고정된 것을 확인하고 넓은 나무를 쇠 파이프에 드릴을 이용해 붙여 나갔다. 옥상 콘크리트에 남아 있던 모래가 바람에 날려 내 눈을 못 뜨게 할 정도였지만 덥지 않아서 오히려 좋았다.

하얗게 질려 있던 하늘이 걷히며 뜨거운 태양이 나를 괴롭히기 시작했지만 나는 이미 하얀 페인트칠까지 끝내고 옥상을 내려와 그늘에 앉아 점심을 먹고 있었다.

"오후엔 해수욕장 옆에 가서 문어나 잡아 와야지."

114일 만에 처음 쉬는 시간이다. 비가 오면 실내에서 작업하고 날씨 좋으면 외부 공사를 하며 단 하루도 쉬지 못하고 내 집짓기를 한 것이다.

"더운데 이거라도 좀 드시구려."

호랑이 할머니로 소문이 난 앞집 할머니가 딸기와 음료수를 들고 오셨다. 아무도 그 할머니에게 뭘 얻어 먹지 못했다고 나를 부러워하는 사람도 있었다.

"젊은 사람이 너무 열심히 일하는 것이 기특해서 하나라도 더 주고 싶어요."

그것이 할머니가 늘 하는 말이다.

제주도 와서 114일 동안 좋은 사람을 3명 사귀었다. 바로 앞집 할머니와 할아버지 그리고 나를 형이라고 부르는 동네에서 사귄

동생이다. 법이 없어도 살 수 있는 사람들이다. 너무도 착해서 그 마음씨를 내가 많이 배우는 사람들이다.

어디를 가나 다 같지만. 이 동네에도 별의별 사람들이 다 있다. 나이도 어리면서 반말을 하는 사람들. 텃세를 부리는 것이지만 바람직하지는 않다. 특히 동네 이장이란 사람이 더 심하다.

처음으로 제주도 와서 말다툼을 한 사람이 이장이다. 그 이장의 오만과 방자함은 말로 다하기 어렵다.

비슷한 시기에 바로 위쪽에 조립식 집을 짓는 사람은 허세가 장난이 아니다. 특히 그의 부인은 세상의 돈은 다 가지고 있는 투로 떠벌리고 다니는데. 왠지 가련한 생각이 들었다.

있는 사람은 없는 척 하며 살고 없는 사람은 있는 척 하며 사는 것이 세상의 이치다. 얼마나 살기 힘들면 그렇게 있는 척 하려고 애를 쓸까 하는 생각에 불쌍하다는 생각이 먼저 들었다.

더욱 내가 혼자 천막을 치고 생활하며 혼자 집을 짓고 있으니 업신여기는 투로 말하는 것이 더욱 한심해보였다.

나의 생각대로 그들 부부는 어린 딸을 나이 많은 사채업자의 세컨드로 들이고 그 사채업자와 자신들의 딸이 본처 몰래 밀회를 나눌 공간을 만들고 있었던 것이었다.

세상에 그런 부모도 있다는 것을 처음 알았다.

꼬리가 길면 밟히는 법. 건물을 완성하고 사채업자와 그들 부부의 어린 딸이 밀회를 즐긴 지 채 한 달도 안돼서 본처에게 들켜 그들 부부 어린 딸은 쫓겨나고 그들 부부도 대판 싸우고 이혼한다고 떠나버렸다.

꾸역꾸역 밀려오는 검은 구름을 보며 해수욕장 옆 얕은 바다에서 돌을 뒤적이며 돌 문어 두 마리를 잡아들고 집으로 돌아왔다. 그렇게 불던 바람이 잠잠해져 있었다.

"폭풍전야야."

존댓말은 배우지 못한 이웃집 남자가 나를 보며 잘난 척했다.

나도 이미 알고 있다 태풍이 오고 있다는 것을……

렌지에 불을 붙이고 냄비에 물을 담아 올려놓았다.

탁. 탁. 탁.

냄비 밑에 뭔가 묻었는지 타는 소리가 난다.

피용, 피용.

마치 총알 지나가듯 소리 내며 바람이 불기 시작한다.

우아. 우아.

휴일을 맞아 놀러 온 딸들이 뭘 보고 신나서 소리칠까?

후두두둑. 소리 내며 비가 오기 시작하는데.

"아빠! 아빠!"

작은딸이 내게 달려오며 소리쳤다.

"응? 왜?"

"세상에 저것 좀 봐. 비가 옆으로 날아가고 있어."

그러고 보니 딸들이 신나서 소리치는 것이 바로 바람에 빗방울이 옆으로 날아가는 것을 보고 신기해서 그랬던 모양이다.

"젠장, 실패작이군."

나는 밖을 내다보며 혼자 중얼거렸다.

"아빠! 뭐가 실패작이야?"

큰딸이 내가 혼자 중얼거리는 소리를 들은 모양이다.

"집이 실패작이라고. 100일간 지은 집인데 또 실패작이네. 쳇."

"아빤 언제나 집을 다 지어 놓고는 실패작이라고 했잖아. 이번엔 또 왜?"

"제주도는 따뜻한 지방이라 보온재를 안 써도 된다는 동네 어르신 말만 믿었더니 저런 걸 생각 못했어. 비가 저렇게 오면 습기를 차단해줘야 하는데. 습기 차단엔 역시 보온재가 최고거든. 처마도 좀 많이 내달아야 하는데 너무 짧아. 제길 비가 옆으로 내릴 줄 알았나."

나는 바람에 옆으로 날아가는 빗방울을 바라보며 말했다.

"방수를 했을 것 아냐?"

큰딸도 아빠를 따라다니며 본 것이 있어서 건축에 대해 잘 안다.

"당연하지."

"그럼 괜찮을걸."

"여름엔 괜찮겠지만 겨울은 아니지. 빗방울보다 눈이 더 가벼우니 눈도 벽에 잔뜩 붙어서 얼 것 아니야. 결로현상도 심할 것이고."

"그럼 어떻게? 아빤 다른 방법을 찾아 고칠 수 있을 거야. 헤헤……."

큰딸은 아빠를 믿는다. 더욱더 거센 태풍이 밀려오고 있으니 문제지만.

세상에서 누가 뭐라 해도
난 언제나 아빠를 믿어.
세상 사람들이 아니라 해도
난 아빠는 할 수 있다고 믿어
왜? 난 아빠 딸이니까.

오늘은 실패작이라고 해도
반드시 성공작을 만든 걸 믿어
또 실패를 한다고 해도
아빠 반드시 성공할 거야.
왜? 아빠 나의 아빠니까.

세상에서 가장 아빠를 믿는 녀석이 큰딸이다. 나는 큰딸에게 늘 미안함을 가지고 산다.

녀석이 예고를 간다고 하는 걸 반대했던 것이 아직도 가슴 한편에 아픈 상처로 남아 있다.

나에게도 있고 딸에게 있다.

그냥 하고 싶은 것 하고 살게 해줄걸.
세상에서 가장 행복한 사람이
자신이 하고 싶은 것 다 하고
자신을 사랑하고 사는 사람인데
아빠가 딸의 그것을 반대한 것을.

네가 하고 싶은 것이 뭐니?
그렇게 묻고 그것을 해줘야 하는데
그렇게 딸에게 묻지도 않고
하겠다는 것도 반대를 했으니
가슴에 응어리진 상처가 생겼다.

작은딸에게는 나름대로 또 다른 상처가 있다.

어려서부터 아빠 엄마를 유난히 따르며 애교를 부리는 귀염둥이 작은딸.

큰딸이 채 젖도 떼기 전에 태어난 작은딸 때문에 큰딸은 엄마 품에서 떨어져 아빠 품에서 자랐다. 해서 엄마 품을 모르고 자란 큰딸은 엄마가 안아주면 뻣뻣하게 벗어나려고 한다. 반면 작은딸은 폭 안긴다. 그래서 엄마는 작은딸을 좋아한다. 그러니 사랑이 자연 작은딸에게만 쏠리는 것을. 해서 나는 큰딸을 많이 사랑해주려고 노력하다 보니 반대로 작은딸에겐 알게 모르게 상처를 주고 말았다.

두 사랑하는 딸을 위해 이 소설을 쓴다.

목차

66

지구보다 1,000년은 앞선 문명의 모든 장치와 무기를
보유한 몸이니 내가 갑자기 사라지거나 하늘로 날아가도
놀라지는 말고. 지구도 몇 십 년만 지나면 차츰 제자리에서
뜨고 내리는 여객기로 바뀌며 공항 활주로도 사라질 것이고
집집마다 그런 자가용 비행기를 소유하면서 거미줄처럼 얽힌
도로들도 사라질 것이야.

99

이야기 시작 1

2033년 일본은 막강한 해군력을 바탕으로 대한민국 바다를 위협하고 그 힘을 믿는 일본 어선들은 버젓이 대한민국 바다를 제집 드나들 듯하고 있었다.

대한민국 어선들과 일본어선들 간의 충돌은 자주 일어났고. 일본 해군 함정들은 보란 듯이 대한민국 바다를 슬금슬금 넘어와 일본 어선들을 보호하는 행위가 자주 발생하고 있었다.

독도 부근.

그 넓은 바다에 인어처럼 움직이는 물체가 있었다.

마치 물고기마냥 자유롭게 바다에서 물장구를 치며 놀고 있는 물체는 이제 겨우 16세~17세는 돼 보이는 귀여운 소녀였다.

"룰루~ 랄라~ 룰루"

소녀는 흥겹게 노래를 부르며 놀고 있었다. 신비하게도 소녀 주위엔 수많은 물고기들이 떼를 지어 함께 움직이고 있었다.

"좀 더 빨리 돌아. 응. 그렇게."

소녀의 말을 알아들었는가. 물고기들이 소녀 주위를 무척 빠르게 돌기 시작했다.

"캬캬…… 넌 참 이상하게 생겼다. 네 친구들 좀 더 데려와."

소녀는 눈앞에서 헤엄치는 오징어를 보고 말했다. 오징어는 소녀의 말을 알아들은 듯 물속으로 들어가더니 잠시 후 수많은 오징어들을 데리고 나타났다.

"너희들 이름이 뭐라고? 응? 오징어? 누가 지어준 이름이야? 아하! 인간들이?"

정말 소녀는 오징어와 대화를 하는 것일까?

푸우.

소녀가 물 위로 고개를 내밀었다. 소녀는 얼굴을 들어 하늘을 바라본다. 청명하고 맑은 하늘. 태양이 밝은 빛을 소녀 얼굴을 비췄다.

무척 큰 두 눈을 가진 신비한 소녀였다. 적당히 긴 머리는 약간 푸른빛을 띠고 얼굴은 마치 투명해 보이는 깨끗한 하얀 피부였다.

"음…… 미안 애들아, 그만 놀아야겠다. 곧 먹구름이 몰려오고 파도가 심해질 것이야. 다음에 또 만나자."

멀쩡한 날씨를 보고 곧 먹구름이 오고 파도가 심해진다는 말도 그렇고. 물고기들이 소녀의 말을 알아들은 듯 소녀 주위를 한 바퀴 돌더니 물속으로 사라지는 것도 참 신비했다.

"이쪽으로 가면 독도란 섬이 있다고 배웠다. 빨리 움직여야지 날씨가 어둡고 바람 불면 재미가 없단 말이야."

소녀는 다시 물고기처럼 헤엄을 치기 시작했다. 한데 엄청난 속도였다. 마치 고속 보트처럼 물을 가르며 앞으로 나갔다.

빠르게 헤엄을 치던 소녀가 뚝 멈추었다. 고개를 들어 어느 곳을 유심히 바라본다.

"흠! 저건 요즘 지구에서 가장 강한 해군을 보유했다는 일본 군함이다. 저렇게 빨간 점 하나만 있는 것이 일본이라고 했다. 여긴 분명히 선조님들의 땅 대한민국의 바다. 그렇다면……! 쥐꼬리만 한 힘을 믿고 선조님들의 바다를 침범했다는 것이 아닌가? 호호…… 영미님이 지구에 온 첫 기념으로 오늘 너희들을 물고기 밥으로 던져주지."

그렇게 천진난만하던 소녀 얼굴이 무섭게 변했다. 소녀는 물속으로 헤엄을 쳐서 일본 군함으로 다가갔다.

일본 군함.

장교로 보이는 자가 맞은 편 상관처럼 보이는 자에게 일본어로 항의를 하고 있었다.

"이제 돌아가야 합니다. 한국에서도 이미 우리가 경계를 넘어 들어 온 것을 인지했을 겁니다. 더 이상 머물다간 전투가 벌어지고 외교상 문제가 야기 될 수 있습니다."

"빠가야루. 그딴 겁쟁이 정신으로 어찌 대 일본 군인이 됐나? 한국에서 알아봐야 소리나 지르겠지. 전투는 무슨 그럴 배짱이 있는 나라냐? 햐. 좋다 저 독도가 일본 땅이 돼야 이 바닷속에 있는 엄청난 해저 자원이 일본 것이 되는데. 너는 아느냐? 왜 우리나라 일본에서 저 보잘것없는 독도를 일본 것이라고 하는지?"

"모릅니다."

"저 독도가 한국 고유의 영토라는 것을 모르는 일본 사람은 없어. 다만 이 해저에 묻힌 엄청난 자원을 한국이 가져가는 것이 못마땅한 것이지. 그래서 한국도 못 가져가게 독도를 일본 것이라 우기는 거야. 또한 정치인들에겐 이런 이슈만큼 좋은 것도 없어. 흩어진 민심을 하나로 모으는 데. 독도는 일본 땅이다 하면 들개들처럼 민심이 우르르 몰려 하나로 통일되거든. 그러니 정치인들이 이런 좋은 표밭을 그냥 놔둘 리 없지. 이젠 사상까지 고치려고 교과서부터 손질하는 것 봐. 역시 누군가 말했듯이 민심은 개나 돼지 같은 거야. 정치인들이 개밥 하나 던져 주면 서로 물고 뜯고 자기들이 알아서 싸우거든. 그러니 정치하기 얼마나 쉬워. 다 독도가 있어서 그런 거야."

장교의 말이 막 끝났을 때다.

"그래? 역시 일본 놈들은 치사하단 말이야."

치기 어린 소녀의 음성이 들렸다. 일본어다.

둘은 급히 소리 나는 곳으로 고개를 돌렸다

생글생글 웃고 있는 소녀가 그들 눈앞에 서 있었다.

치기 어린 소녀. 너무도 귀엽고 예쁜 모습에 두 군인은 얼이 빠져 있었다.

"너희들이 그 야비한 일본 놈들 앞잡이야?"

치기어린 소녀의 입에서 욕이 나오자 그제야 정신을 차린 두 군인은 소녀에게 동시에 물었다.

"넌 누구니?"

"나? 영미님이시다."

영미의 치기 어린 대답에 두 군인은 그냥 장난치는 소녀로 생각했다.

"지금부터 한국의 바다에 침입한 대가를 치르게 될 것이다. 이 영미님 손속이 무자비하다고 원망은 하지 말거라. 단 한 번도 악인을 용서하지 않은 영미님이시다."

말을 하는 영미 모습이 흐릿하게 변하면서 두 군인의 곁으로 다가왔다. 두 군인은 놀라 뒤로 물러나려고 했지만 이미 몸이 붕 떠서 바다로 날아가고 있었다.

"배를 몰고 갈 한 놈은 남겨 둬야지."

영미 모습이 그림자처럼 빠르게 움직이며 일본 군인들을 모조리 바닷속으로 던져 버렸다.

"배가 여기서 침몰하면 대한민국이 어떻게 했다고 누명을 씌울 놈들이니 공해상으로 밀어 버려야지"

영미는 일본 군함에서 바다로 폴짝 뛰어내렸다.

그리고 배 뒤로 가서 배를 힘껏 밀어버렸다.

고사리 같은 손에서 하얀 운무 덩어리가 생기는 것 같더니 일본 군함으로 운무 덩어리가 부딪히며 일본 군함은 무서운 속도로 앞으로 나아갔다. 일본 군인들은 바다에서 허우적거리는데 배는 쏜살같이 공해상으로 달아나고 있었다. 군인들은 헤엄을 쳐서 가까운 독도를 향해 필사적으로 움직이고 있었다.

영미가 배시시 웃으며 입을 동그랗게 모아 이상한 소리를 냈다.

"으악. 상어다."

갑자기 어디에서 나타났는지 상어 떼가 독도 방향에서 몰려오고 있었다. 군인들은 죽어라 안간힘을 쓰며 다시 공 해상으로 도망치기 시작했다. 허나, 멀고 먼 바다 그들은 파도에 휩쓸려 하나둘 물속으로 가라앉고 말았다.

"헤헤…… 너희들이 무슨 죄가 있느냐 하면 이 영미님 모습을 본 것이 죄다. 가서 소녀가 어떻고 영미님이 어떻고 하면 시끄럽거든. 그리고 한번은 혼이 나야 다시는 한국을 우습게 보지 않고. 해상을 침범하지 않을 것이니깐. 상어는 다시 돌려보내야지. 일본 군인을 잡아먹으면 바다에 비린내가 나거든. 그럼 이 영미님이 수영을 못 한단 말이야. 더러워서. 히히……."

영미는 입을 동그랗게 모으고 다시 이상한 소리를 내더니 다시 물에서 수영을 하며 즐겁게 놀기 시작했다. 바다에 많던 상어 떼는 어디론가 사라지고 없었다.

"흠. 오고 있군."

영미는 무엇을 기다리고 있는 모양이다.

이야기 시작 2

때는 1520년 조선왕조 제11대 중종 15년 여름
한양에서 조금 떨어진 초읍리 마을…….
이 마을에 왕족의 피를 이어받은 '이한우'라는 선비가 살고 있
었다.
비록 왕족이라고는 하지만 겨우겨우 끼니를 때우는 가난한 선
비 집안이었다.

그러나
요즘은 그 집안에 웃음꽃이 만발하고 있었다.
늦둥이로 낳은 아들이 너무도 영특하고 귀여워 온 식구들의
사랑을 흠뻑 받고 밝고 명랑하게 자라며 재롱을 부리고 있기 때
문이다.

이정주.

바로 그 아이의 이름이다.

뭇 선비들을 놀라게 할 정도로 정주는 천재였다.

3살에 사서삼경을 비롯해 수많은 서적을 독파하고 6살에는 성균관에 들어가 수많은 유생들을 앞질러 부러움의 대상이 되기도 했다.

특히 올해는 성균관에서 만난 또 한 명의 천재 소년과 너무도 각별한 사이가 되어 모든 사람들의 선망의 대상이 되기도 하였다.

이호, 바로 또 한 명의 천재 소년의 이름이다.

올해 8살, 바로 이 나라의 단 하나뿐인 세자 저하가 아닌가. 정주와, 호 둘은 만난 지 단 하루 만에 서로 의형제를 맺었다.

둘은 신분의 벽을 뛰어넘어 서로 뜻이 통하자 의형제를 맺고 늘 붙어 다니다시피 했다.

둘의 이야기는 중종 임금의 귀에도 들어가고 중종 임금은 정주를 불러 많은 대신들 앞에서 둘이 의형제임을 선포했다.

정주의 부친 이한우도 정주 덕택에 정3품 예조참의 벼슬에 오르게 되었다.

하지만 호사다마라 했던가. 기득권을 누리던 훈신 세력들이 조광조의 위세에 눌려 있다가 조광조 일파가 숙청이 되자 다시 서서히 고개를 쳐들며 희생양을 고르고 있던 시기에 어느 점쟁이가 지나가는 정주를 보고 태조가 될 상이라 떠든 일이 계기가 되어 역적의 누명을 쓰게 되었다.

세자 이호는 정주의 누명을 벗기려고 무진 애를 썼지만 정치의 주도권을 잡기 위해 희생양이 필요했던 훈신 세력들이 그 좋은 기회를 놓칠 리 만무했다. 결국 정주는 강화도로 유배되고, 이한우는 전라도로 유배를 갔다.

목숨을 건진 것도 세자 덕택이었다.

하지만 세자는 정주를 늘 그리워하며 훈신 세력이 정주를 그냥 놔두지 않을 것을 미리 알고 대궐 밖에서 알게 된 3명의 고수와 2명의 여자를 강화도로 보내 정주를 보호하라고 했다.

무술이 뛰어난 박영후, 정철균, 최태겸, 그리고 음식 솜씨가 좋은 김옥희. 의술이 뛰어난 심말례, 바로 그들 5명이었다.

하지만 훈신 세력들 역시 유배지로 떠난 이한우와 이정주를 살해하려고 비밀리에 자객들을 전라도와 강화도로 보냈다.

전라도로 간 이한우는 자객에 의해 살해되었지만 정주는 세자가 보낸 고수들 덕택에 무사할 수 있었다. 하지만 훈신 세력들은 계속 자객을 보냈다.

결국 정주를 보호하려던 3명의 고수들 중 최태겸은 자객들의 손에 죽고 두 고수가 남아 끝까지 정주를 보호했다.

끝없이 자객을 보내고, 그 자객과 맞서 싸우고 하기를 어언 25년이 지나갔다.

이제 이정주의 나이도 35세가 되었다.

1544년 10월.

중종 임금이 승하하시고 세자가 왕위에 오르며 인종 임금이 되었다.

인종 임금은 우선 정주의 누명을 벗겨 주어서 유배 생활을 끝마칠 수 있도록 했다.

정주가 유배지에서 풀려 난 것은 인종 임금이 왕위에 오른 지 8개월이 된 1545년 6월이었다.

거센 훈신 세력들의 반발에 밀려 그렇게 늦어진 것이었다.

특히 인종 임금의 생모 장경왕후 윤씨는 인종 임금을 낳고 6일 만에 죽어 문정왕후 윤씨의 손에서 자랐으나, 문정왕후 윤씨에게는 왕자가 있었다.

인종 임금을 눈엣가시처럼 여기던 윤씨는 사사건건 인종 임금의 일을 반대했다.

그러니 정주를 역적의 누명에서 벗겨 주려면 누구보다 문정왕후였던 대왕대비의 승낙을 얻어야만 했다.

요녀라 부르는 탐정 W

효행의 표본이라는 인종 임금은 무릎을 꿇고 사흘 밤낮을 빌어 겨우 승낙을 얻을 수 있었다.

1545년, 6월 어느 날.

우르르릉. 쾅.

번쩍…… 지지지직.

대낮인데도 앞이 보이지 않았다.

하늘은 온통 시커멓고 암흑천지에 장대비가 온종일 쉬지 않고 쏟아지고 있었다.

초읍리 작은 돌담집 큰 감나무가 벼락에 맞아 쓰러지며 요란한 소리와 함께 잠시 주위를 환하게 밝혀주었다.

그 순간적인 불빛에 돌담에 기대어 쓰러질 듯이 비틀거리며 서 있는 한 사람의 모습이 보였다.

"으흐흑……!"

30대 중간으로 보이는 사나이는 그 많은 비를 다 맞으며 계속 흐느껴 울고 있었다.

"아버님! 어머님! 그리고 형님! 누님! 모두 어디에 계십니까? 모두 돌아가셨습니까? 아니면……!"

사나이는 계속 흐느끼며 두 눈을 무섭게 치켜뜨고 어느 한 곳을 계속 노려보고 있었다.

돌담장 사이로 난 나무 문 상단이었다.

- 본 가옥은 역적이 거주하던 곳으로 금일부터 인간의 출입을 금한다 -

붉은 글씨로 쓰인 커다란 나무 간판이 바람에 떨어질 듯이 흔들거리며 비스듬히 매달려 있었다.

역적의 집 그렇다.

이곳이 바로 이정주가 태어나고 10세까지 자라던 곳이다.

지금 돌담에 기대어 슬피 흐느껴 우는 사람을 바로 강화도에서 유배 생활을 마치고 돌아온 이정주였다.

"흑흑…… 들리는 소문에 의하면 아버님은 이미 오래 전에 놈들의 손에 돌아가셨다고 한다! 흑흑…… 죽일 놈들! 그럼! 어머님……! 그리고 형님은……! 또 누님은……!"

정주는 알고 있었다.

관노로 끌려가거나 아니면 놈들의 손에 이미 죽었을 것이라는 것을, 그것을 알고 있기에 더욱 한 서린 눈물을 흘리고 있는지도 모른다.

우르르릉…… 쾅.

정주의 마음을 하늘도 아는지 너무도 슬프게 울고 있었다.

"의형님!"

누군가 정주의 어깨에 손을 올려놓고 정주의 어깨를 으스러지 도록 꽉 쥐며 침통한 어투로 말했다.

"아! 전하! 이곳엔 어쩐 일이십니까? 이런! 비까지 다 맞으시 고……!"

정주는 너무도 황송해서 어찌할 바를 몰랐다.

정주의 등 뒤에서 정주의 어깨를 손으로 잡고 있는 사람은 다 름이 아닌 인종 임금이기 때문이다.

"의형님! 이제 그만 우시지요! 의형님의 식솔들을 지켜 드리지 못해 정말 죄송합니다. 살아남은 의형님의 식솔들을 찾아 신분 을 회복시키고 편히 살 수 있도록 해 드리겠습니다! 그러니 이만 우시지요!"

"전하 황송하옵니다! 미천한 신을 그렇게까지 염려를 해 주시 니 몸 둘 바를 모르겠습니다!"

정주는 땅바닥에 엎드려 절을 올리기 시작했다.

"아니! 왜 이러십니까? 얼른 일어서시오! 절을 올려야 할 사람은 이 의제가 아닙니까! 모두가 이 못난 의제를 만났기 때문입니다!"

인종 임금은 얼른 엎드려 정주를 부축해 일으켜 세웠다.

"의형께서 이 의제를 만나지 않았다면 그 몹쓸 훈구 대신들의 시기와 질투를 받지 않아도 됐을 것이 아닙니까! 모두가 이 못난 의제를 만났기 때문입니다!"

"그 무슨 황송한 말씀을 하십니까? 신은 몸 둘 바를 모르겠습니다!"

정주는 너무도 황송해서 고개를 들 수 없었다.

"의형님! 지금 수많은 자객들이 의형님을 노리고 있습니다! 여기서 이러고 있을 때가 아닙니다! 얼른 안전한 곳으로 피하셔야합니다! 오늘도 의형께 무거운 짐 하나를 드리려고 왔습니다! 이몸도 안전하지 못하니 여기 오래 머물 수가 없습니다! 의형님도안전한 곳에 도착하시면 이것을 풀어보십시오. 이 못난 의제는오늘도 무거운 짐만 드리고 갑니다!"

인종 임금은 정주에게 작은 보따리를 하나 넘겨주고 바삐 떠나갔다.

행여나 자신 때문에 정주의 신변에 위험이 닥칠까 염려하는 마음도 있었지만 무엇보다도 인종 임금 자신의 신변이 위험했다.

문정왕후 윤씨가 자신의 아들 경원대군을 왕위에 앉히고 싶어서 안달이 났기 때문에 틈만 있으면 인종 임금을 독살과 피습을하려고 했기 때문이다,

벌써 수차 독살과 피습을 시도했으나 번번이 실패를 거듭하고있었다.

인종 임금도 그 사실을 알고 있었으나 친어머니와 같은 계모윤씨를 이해하고 용서를 하며 더욱 잘하려고 노력하고 있었다.

인종 임금은 효성이 지극하였다.

그러기에 자신을 죽이려는 계모 윤씨에게 더욱 효도를 하며 역모를 눈감아 주고 있었다.

어두운 밤.

산모퉁이에 조그만 주막이 하나 있었다.

노가지 나무에 빙 둘려 있는 주막은 초가지붕만 겨우 고개를 내밀고 있었다.

주막 한쪽 방에는 금방이라도 꺼질 듯이 희미한 등잔이 바람에 흔들거리고 있었다.

콜록……! 콜록……!

방 안에는 3남 2녀가 등잔불을 가운데 두고 빙 둘러앉아 있었다.

심한 기침을 하는 사람은 얼굴이 희고 잘생긴 중년 남자였다.

그 중년 남자 옆에는 하얀 옷을 입는 미인이 앉아 열심히 중년 남자를 진맥하고 있었다.

"어떻습니까?"

반대쪽에 앉아 있던 이정주가 걱정스러운 눈으로 바라보며 물었다.

"예! 너무 심해요! 그동안 앓던 지병이 오늘 비까지 맞아 더욱 악화됐어요! 이 상태로는 나리를 따라가는 것은 무리라고 생각해요!"

여인은 고개를 살래살래 저으며 말했다.

40세가 채 안 된 여인이었다.

"무슨 소리냐? 이 박영후가 이까짓 병 때문에 나리를 따라가지 않으면 누가 나리를 보필하겠느냐?"

중년 남자는 버럭 소리를 지르고 다시 심하게 기침을 했다.

"아따! 형님은 몸 좀 추스르시고 뒤따라오시면 되지 안수! 그동안 이 정철균이 나리를 책임지고 보필할 것이니 안심하수!"

뚱뚱하고 얼굴에 털이 많은 중년 남자가 말했다.

아마 그가 처음으로 술 항아리를 방바닥에 내려놓았을 것이다.

그는 계속 술만 마시고 있었다.

"이놈아! 싸움만 잘한다고 되는 줄 아느냐? 머리를 써야지! 넌 싸움질만 잘했지 대가리가 나빠서 안 돼! 너를 어떻게 믿느냐? 콜록…… 콜록……."

박영후는 다시 심하게 기침을 하였다.

"이봐요! 그 입 좀 다물지 못해요! 그러다 피 토하겠요!"

지금까지 방 한구석에 다소곳이 앉아 있던 중년 여인이 버럭 소리를 질렀다.

그런데

이게 웬일인가.

지금까지 그렇게 악을 쓰며 소리를 질러 대던 박영후가 갑자기 풀이 죽어 고개를 푹 숙이며 입을 다물고 있는 것이 아닌가.

"후후…… 박씨 아저씨는 역시 아주머니가 호랑이라니까!"

정주가 짓궂게 웃으며 말했다.

"나으리……! 저분 소원이 나리를 모시다가 죽는 것이 소원이라니 가다가 죽더라도 함께 가도록 해 주세요. 네?"

중년 여인이 정주에게 간청을 하고 있었다.

이 중년 여인이 음식 솜씨가 뛰어나 인종 임금이 정주의 식사를 위해 강화도로 보냈던 김옥희였다.

박영후와는 부부 사이였다.

하지만 말이 부부지 박영후는 남자구실을 못 하는 사람이었다.

그러니 김옥희에게 박영후는 꼼짝 못 했다.

"좋습니다! 오늘 밤 안으로 떠나야 하니 서두릅시다. 그리고 누님은 박씨 아저씨를 잘 치료하고 계십시오! 저는 박씨 아저씨 식솔들과 누님의 아버지를 뵙고 인사를 드리고 오겠습니다!"

정주가 말했다.

정주가 유일하게 누님이라고 부르는 이 여인이 바로 의술이 뛰어난 심말례였다.

아버지가 의원이었던 집안에 오라버니가 하나 있었지만 망나니였다. 해서 심말례의 아버지는 여자인 이 여인에게 모든 의술을 전수 해주었던 것이다.

정주와 심말례는 7살 차이였다.

다른 사람들은 모두 10살 이상 차이가 났다.

정주는 오랜 유배 생활을 마치고 고향으로 돌아오자마자 곧 떠나야 하는 몸이 되었다.

그것은 인종 임금이 정주에게 준 보따리 때문이었다.

그 보따리에서 나온 것은 놀랍게도 교지와 마패였다.

인종 임금이 정주에게 보내는 편지도 들어 있었다.

그 편지에는 이렇게 쓰여 있었다.

존경하는 의형님께.

오랜만에 만나 술이라도 한잔 나누며 회포를 풀고 싶었는데 이렇게 다시 헤어져야 하는 운명이 너무 야속하군요.

모든 것이 다 이 못난 의제 때문입니다.

어쩌다 둘 다 목숨을 구걸하며 살아야 하는 운명인지 모르겠습니다.

정말 한심한 생각이 듭니다,

이제 의형님과 이 의제는 하나의 약속을 합시다.

어쩌면 지켜지지 못할 약속인지도 모릅니다. 아마 의형님보다 이 의제가 더 지키지 못할 약속인지도 모릅니다.

하지만 전 최선을 다할 것입니다.

의형님께서도 최선을 다해 주시길 바랍니다.

지금 조선 팔도에 백성들은 굶주려 죽어 가는데 백성들은 안중에도 없고 오로지

자신들의 사리사욕만 채우는 부정하고 부패한 관리들이 너무도 많습니다.

의형님께서는 팔도 유람이나 하시며 부정하고 부패한 관리들을 처벌하여 주십시오.

의형님이 직접 판단하고 직접 처벌하십시오.

이 의제는 의형님을 믿습니다.

의형님께서는 조선 팔도에 부정부패한 무리들을 모조리 없애겠다고 약속하십시오.

전 궐 안에 부정부패를 뿌리 뽑고 투명하고 깨끗한 정치를 하여 백성들이 마음 놓고 잘 살 수 있는 정치를 할 것을 약속합니다.

이제 의형님과 의제는 약속을 한 것입니다.

약속······.

인종 임금과 정주는 이렇게 하나의 약속을 하였다.

허나,

우르릉…… 쾅!

잠시 멈추었던 소낙비는 다시 뇌성 번개와 함께 퍼붓기 시작하는데,

그날 그렇게 인종 임금과 약속을 지키기 위해 길을 떠났던 이정주와 그 일행은 그날 밤에 실종되고 말았다.

어떤 나그네는 누군가에게 피살이 됐다고 떠들고 다녔고,

이정주 일행에게 배를 빌려줬다는 사공은 폭풍우 속에 한강을 건너다 배가 뒤집혀 모두 죽었다고 했다.

하지만 어느 하나 신빙성이 없었다.

모두 확실히 목격한 것이 아니기 때문이다.

"아…… 내가 결국 의형을 사지로 몰았구나!"

인종 임금도 이정주의 죽음을 애통히 여기며 식음을 전폐하고 시름시름 앓다가 곧 죽음을 맞이하고 말았으니…….

두 천재 소년의 이야기는 이렇게 세인들의 기억 속에 차츰 묻혀만 갔다.

“

지구인들도 나처럼 원하는 공간 어디든 나만 볼 수 있는
모니터를 형성하고 영화도 보고 컴퓨터 작업도 할 수 있는
신기루 모니터 시대에 살게 될 거야.

”

제1장

천국성 탄생

1545년 6월.

한 치 앞도 분간하기 어려운 칠흑 같은 밤에 굵은 소나기가 강한 바람과 함께 퍼붓고 있었다.

번쩍.

우르르르. 쾅!

번갯불이 한강 위를 잠깐 비췄다.

한강 위엔 조그만 나룻배가 바람에 일렁이며 그 소나기를 다 맞고 있었다.

배 위엔 3남 2녀가 타고 있었다.

"콜록. 콜록."

남자 한 명은 연신 기침을 하고 있었다.

이정주 일행이었다.

"나리! 비가 너무 오는데요! 꼭 지금 가야 합니까?"

정철균이 쏟아지는 빗물을 손바닥으로 가리며 이정주에게 물었다.

조금은 불만이 섞인 말투다.

"강 건너가면 잠시 비를 피하고 갑시다!"

이정주가 말했다.

신분의 차이를 벗어나 이정주는 나이가 많은 정철균에게 항상 존댓말을 했다.

정철균뿐 아니라 4명 모두 이정주의 수하들이 분명하지만 정주는 항상 존칭을 사용했다.

심지어 심말례에겐 누님이라고 부르기도 하였다.

"헉! 저게 뭐죠?"

심말례가 한강 위를 오른손 둘째손가락으로 가리키며 물었다.

"뭐가요?"

이정주가 심말례 손가락이 가리키는 곳으로 시선을 돌렸다.

"헉! 저건. 괴물인가……!"

이정주가 놀라 소리쳤다.

이정주 놀란 소리에 다들 심말례 손가락이 가리키는 곳으로 시선을 향했다.

"괴물이다!"

모두 놀라서 소리쳤다.

한강 위에 물결을 타고 10여 마리의 동물이 다가오는 것이 보였다.

크기는 사람 정도.

머리도 사람 모양을 했으나 손이 길고 꼬리가 있었다.

마치 물 위를 걷듯 천천히 다가오고 있었다.

창!

정철균과 박영후는 위험을 직감하고 장검을 뽑아 들었다.

"키키키……."

괴물들이 하얀 이빨을 드러내고 웃었다.

마치 가소롭다는 듯이.

"무슨 동물이지!"

이정주는 모든 지식을 동원해서 다가오는 10여 마리 동물들의 정체를 파악하려고 노력했다.

"아! 원숭이다! 서역에서 자란다는 원숭이!"

이정주는 언젠가 책에서 본 내용을 토대로 원숭이라고 단정 지었다.

"원숭이요?"

김옥희가 물었다.

"사람을 헤치진 않나요?"

심말례는 걱정스러운 눈초리로 물었다.

"그렇긴 한대! 어딘가 틀립니다! 털도 없고 사람과 똑같은데 꼬리만 있네요. 옷을 입은 것도 그렇고. 물위를 다니는 것도 그렇고."

이정주는 원숭이처럼 생긴 동물이지만 왠지 틀리다는 생각을 했다.

원숭이는 사람을 헤치지 않는다고 했지만 다가오는 10여 마리 짐승들은 왠지 살기가 느껴졌다.

"아무튼 조심합시다!"

이정주는 살기를 느끼고 자신도 허리춤에서 장검을 뽑아 들었다.

"키키키키……."

10여 마리 원숭이처럼 생긴 짐승들은 이정주 일행이 탄 나룻배를 포위하고 물 위를 빙빙 돌기 시작했다.

"으악!"

심말례가 비명을 질렀다

물살이 빙빙 돌면서 나룻배까지 빠르게 회전하기 시작했던 것이다.

심말례는 하마터면 한강에 빠질 뻔했다.

"으으으……."

심말례뿐만 아니라 5명 모두 나룻배를 붙잡고 한강으로 튕겨

나가는 것을 방지하면서 신음을 흘렸다.

배는 점점 빠르게 회전했다.

"으아아악!"

"나리!"

나룻배가 뒤집히고 비명과 함께 5명은 모두 한강 물로 빠지고 말았다.

퍽!

퍽!

원숭이처럼 생긴 동물들은 마치 먹잇감을 낚아채듯 5명을 기절시켜 한 손으로 들어 옆구리에 끼고 한강 물속으로 사라졌다.

우르르르……

쾅!

번개 불과 함께 소나기는 엄청나게 퍼붓고 있었다.

악마의 숨결

투명한 유리 위에 벌거벗은 사람들이 누워있었다. 모두 5명이었다.

사람들 몸에는 붉은 점들이 하나둘씩 찍혀있었다.

누워 있는 사람들 앞에 두 사람이 서 있었다.

"진 선생! 붉은 점들이 표시된 부위만 절단해서 수술실로 가져가시오."

안경을 쓴 노인이 40대 남자에게 명령조로 말했다.

"오늘 벌써 67명을 절단했소. 여기 5명을 절단하면 오늘은 끝인 거요?"

40대 남자는 몹시 지친 모습으로 노인에게 물었다.

"진 선생 힘드시오? 수술하고 계시는 그분도 계시는데?"

"저야 일반인이고. 그분께선 초인이시니까요."

노인의 말에 움찔하던 40대 남자는 다시 불만 섞인 음성으로 말했다.

"자. 서두르시오. 이자들 부위만 절단하면 오늘 1명은 완성할 수 있소이다."

노인은 손바닥으로 40대 남자의 등을 토닥거리며 말했다.

"오! 그래요? 100명 이상 절단해서 붙여야 겨우 하나 완성했는데. 오늘은 72명으로 하나를 만들다니. 쓸 만한 인간들이 있었나 봅니다."

40대 남자는 갑자기 힘이 나는지 커다란 칼을 집어 들었다.

"이제 겨우 13명 완성했으니 앞으로도 37명을 더 완성해야 지구를 정복할 수 있답니다. 아직 멀었소이다. 힘내시오. 진 선생."

안경 쓴 노인은 40대 남자 등을 손바닥으로 토닥이다가 실내에서 나갔다.

"헤야~ 이놈 팔을 자르고. 헤야~ 저놈 손가락을 자르고. 헤야~"

40대 남자는 콧노래를 부르며 누워있는 사람들 신체 부위를 자르기 시작했다.

어느 공간.

두 그림자가 앉아서 이야기를 나누고 있었다.

"보군! 어머님은 어떠신가?"

"영후, 마침 잘 오셨네. 그렇지 않아도 자문을 구하려고 했는데…… 어떤 방법이 없겠습니까?"

"아! 병제께서는 보군 어머님 수명이 앞으로 19년 남으셨다고 하더군요. 그전에 사육하는 것들 중에 가장 강하고 좋은 암컷을 찾아서 우리들 씨를 임신시켜서 18년간 자라게 한 다음 어머님께서 드시게 하면 완쾌되시고 영생하실 수 있다고 하더군요. 한번 찾아봅시다. 그런 암컷을……."

"아! 감사합니다. 병든 것들을 드셔서 병이 나신 어머님이 걱정됐는데. 역시 병제께서 해법을 찾으셨군요. 그렇지 않아도 눈여겨본 암컷이 하나 있습니다. 정말 강하고 끈질긴 생명을 가지고 있어서 호기심이 생긴 그런 암컷이죠."

"오! 그렇습니까? 다행이네요. 그럼 얼른 보군 씨앗을 수정시키세요. 보군의 씨앗이 어떻게 자라는지 그것도 참 볼거리 아니겠어요? 18년간 그 구경도 하면서. 문제는 이제 하찮은 병균 따위가 우리들 생명을 위협한다는 것입니다. 앞으로는 흡수를 하는 것도 조심해야 할 것 같습니다."

"맞아요. 조심해야죠. 어쩌면 병제께서 알려주신 어머님을 살리는 방법이 앞으로는 우리들에게도 필요한 방법인지도 모릅니다. 잘 수정하고 잘 지켜봅시다."

"오! 그럼 나도 어디 암컷 하나 구해서 수정시켜볼까요?"

"하하하…… 그럽시다."

두 그림자는 일어서는가 싶더니 연기처럼 순식간에 사라졌다.

천국성 탄생

"으으으……."

얼마쯤 지난 후,

5명은 거의 동시에 정신을 차렸다.

"헉! 여긴 어디지?"

이정주가 정신을 차리고 주위를 두리번거렸다.

자신은 물론이고 나머지 4명 역시 투명한 유리관 속에 한 명씩 갇혀있었다.

유리관은 사람 한 명이 겨우 들어갈 정도로 둥글고 긴 모양이었다.

"이게 어찌 된 일이지!"

이정주가 유리관을 탁탁 치며 나가려고 해도 깨지지 않았다.

주위를 둘러보던 이정주는 사람뿐만 아니라 짐승들도 같은 유리관 속에 갇혀 있다는 것을 알았다.

소, 돼지, 개, 염소, 말, 닭, 오리, 등등

또한 곡식들도 들어있었다.

벼, 보리, 감자, 옥수수, 고구마, 콩, 고추, 마늘, 등등

"……!"

이정주가 갇힌 유리관 옆에 은색 문이 열리며 한강에서 보았던 원숭이처럼 생긴 동물 3마리가 들어왔다.

머리에 번쩍번쩍 빛나는 모자를 쓴 대장 같은 동물이 이정주를 향해 손가락질을 했다.

부하 같은 동물이 이정주가 갇힌 유리관 앞으로 다가와 손을 갖다 대었다.

스스륵……

아주 조그만 구멍이 열렸다.

겨우 손가락 하나 들어갈 정도 구멍.

"네가 대장이냐?"

대장 같은 동물이 말했다.

"허! 조선말을 할 줄 아시오?"

이정주가 되물었다.

"자동번역기를 이용해 대화를 하고 있다!"

대장 같은 동물이 말했다.

"자동번역기?"

이정주는 처음 듣는 말이다.

"묻는 말에 대답부터 해라! 네가 대장이냐?"

대장 같은 동물이 다시 물었다.

"그렇소!"

이정주가 고개를 끄떡이며 대답했다.

"우린 저 먼 별나라에서 왔으며 너흰 표본으로 잡아가는 것이
니 그리 알아라!"

대장 같은 동물이 말했다.

"별나라? 표본!"

이정주가 의혹의 눈초리로 대장 같은 동물을 바라보며 반문했다.

"너흰 별나라에 가서 표본 조사와 실험용으로 쓸 것이다! 가는 도중 굶어 죽지 않으려면 지금부터 주는 알약을 매일 하나씩만 먹어라!"

대장 같은 동물은 더 이상 대화가 필요 없다는 듯이 휭 하니 사라져버렸다.

"저. 저기!"

이정주가 부르려고 말을 했지만 대장 같은 동물은 이미 은색 문을 열고 사라진 뒤였다.

부하 같은 짐승이 알 수 없는 포장지에 들은 알약 45개를 구멍으로 밀어 넣어 주고 구멍을 닫았다.

"45일간 걸린다는 뜻이군!"

이정주는 동물들이 산다는 별까지 45일 가야 한다는 것을 알았다.

동물은 이정주 일행이 갇힌 유리관에 다가가서 알약을 45개씩 넣어주고는 은색 문을 열고 사라졌다.

이제부터 이정주 일행은 눈짓으로 대화만 가능했다.

정철균과 박영후는 장검으로 유리관을 열심히 내리쳤지만 유리관은 끄떡도 안 했다.

동물들이 이정주 일행이 들고 있던 소지품들을 하나도 빠지지 않고 그대로 유리관에 넣어줬던 것이다.

이정주는 유리관이 인간의 힘으로 깰 수 없다는 것을 알고 조용히 앉아서 회상에 들어갔다.

인종 임금님과의 약속.

그리고 한강에서 동물들에게 잡혀 오던 일들.

도무지 믿을 수 없는 일들이 현실로 나타난 것이다.

유리관 맞은편으로 둥근 유리창이 보였다.

"하늘을 날아가고 있다!"

이정주가 중얼거렸다.

둥근 유리창 밖으로 밝은 햇빛이 비치며 구름 위를 지나가고 있었기 때문이다.

"헉! 빠르다!"

어느 한순간 이정주는 둥근 유리창 밖에 광경이 너무 빠르게 지나간다는 것을 알았다.

"태양이 이젠 반대 방향이다!"

이정주는 지구에서 엄청 멀리 날아왔다는 것을 느꼈다.

요녀라 부르는 탐정 W

불과 일각도 안 된 시간에.

위쪽에 있던 태양이 순식간에 뒤편으로, 아래쪽으로 움직이고 있었다.

"태양이 사라졌다!"

이정주는 일각이 지난 후 태양이 사라졌다는 것을 느꼈다.

둥근 유리창 밖은 수많은 별들이 반짝이고 있었다.

그 별들도 휙휙 빠르게 지나갔다.

"허! 태양이 두 개다!"

하루 정도가 지났을 때 이정주는 태양이 두 개라는 걸 알았다.

정면에서 그리고 위에서 태양이 빛나고 있었다.

정면에 있던 태양은 일각도 안 돼서 아래쪽으로 사라졌고.

위쪽에서 비추던 태양이 정면으로 내려와 비추고.

태양이 사라지면 다시 어둠이 찾아오고.

그렇게 반복되길 수차례.

"이제 2일 남았다!"

이정주는 손바닥을 펴서 알약을 보며 중얼거렸다.

알약이 두 개 남은 것이다.

"어떡해. 많이 아픈 모양이네!"

이정주는 박영후가 갇힌 유리관을 보며 안쓰러워 어쩔 줄 몰라 했다.

박영후는 기침을 심하게 하면서 입에서 피까지 토하고 있었다.

"안 돼요! 힘내세요!"

이정주는 자기도 모르게 소리쳤다.

박영후가 결국 쓰러진 것이 보였다.

이정주뿐 아니라 다른 일행도 박영후가 쓰러지는 것을 보며 어쩔 줄 몰라 하는 행동들이 보였다.

스르르

은색 문이 열리며 대장처럼 생긴 동물이 다른 동물 둘을 데리고 나타났다.

대장 같은 동물은 이정주 유리관으로 다가와서 작은 구멍을 손수 열었다.

"저것은 이제 쓸모가 없어져서 버리고 간다! 그렇게 알아라!"

대장 같은 동물은 자신의 말만 하고 얼른 유리관 구멍을 닫아 버렸다.

안에선 열 수 없는 구멍이기에 이정주는 주먹으로 유리관을 탁탁 치기만 할 뿐 말을 전할 수 없었다.

"안 돼! 이놈들아, 안 된단 말이야!"

이정주가 울부짖자 일행들도 짐작을 한 듯 소리를 지르는 모습들이 보였다.

동물들은 박영후가 들어있는 유리관을 옆으로 돌려 열고 박영후를 끄집어냈다.

박영후는 죽은 듯이 꼼짝을 안했다.

대장 같은 동물이 뭐라고 떠들며 손짓을 하자 동물 하나가 박영후를 옆구리에 끼고 은색 문을 열고 나가 버렸다.

한 마리 동물은 박영후가 있던 유리관을 깨끗이 닦고 다시 원상태로 닫았다.

대장 같은 동물은 조금은 미안한지 이정주를 잠깐 바라보며 안됐다는 표정을 짓더니 은색 문 밖으로 사라졌다.

그리고

그 동물들은 다시는 이정주 눈앞에 나타나지 않았다.

쾅!

요란한 소리와 함께 엄청난 충격이 이정주 일행에게 전해졌다.

충격으로 정철균이 갇혔던 유리관이 떨어져 나갔다.

이상하게도 유리관 속에 있던 이정주 일행이나 동물들은 그다지 큰 충격을 받지는 않았다.

"……!?"

정철균은 유리관이 떨어져 나가자 밖으로 튕겨져 나와 엉금엉
금 기어서 일어났다.

몸을 이리저리 움직여보던 정철균은 몸에 이상이 없다는 것을
알고 서둘러 다른 일행들 유리관을 돌려서 열었다.

"어느 땅에 떨어졌다!"

이정주가 유리관을 나오며 던진 첫마디였다.

동물들이 하던 대로 은색 문을 열고 밖으로 나온 이정주 일행
은 모두 깜짝 놀랐다.

원숭이처럼 생긴 동물들이 모두 죽어 있었던 것이다.

"이게. 어찌 된 일이죠?"

심말례가 이정주와 정철균을 번갈아 바라보며 물었다.

"글쎄요! 모르겠네요! 아무튼 더 찾아봅시다!"

이정주는 앞장서서 여기저기 돌아다니다가 제자리에 우뚝 서
며 부르르 떨었다.

"왜? 그러세요?"

심말례가 이정주에게 물으며 이정주 시선을 따라 바라보았다.

"오라버니!"

심말례가 울부짖으며 달려갔다.

동물 옆구리에 끼인 채 죽은 박영후의 시체가 눈에 띄었기 때문이다.

"박영후를 버리려고 가다가 죽은 모양입니다!"

정철균이 이정주를 보며 말했다.

"여보!"

김옥회가 달려가 박영후 시체를 부둥켜안고 울었다.

"이유가 뭘까요?"

이정주가 의문스럽다는 듯이 정철균에게 물었다.

"이상합니다! 아무튼 얼른 여길 나가야 합니다! 다른 짐승들이 몰려오기 전에!"

정철균이 얼른 박영후 시체를 앉고 일어서며 말했다.

"일단 모두 나갑시다!"

이정주가 앞장을 섰다.

"헉! 저것들은!"

이정주는 밖으로 나오면서 깜짝 놀랐다.

이미 수많은 동물들이 자신들이 밖으로 나오길 기다리고 있었던 것이다.

모두 원숭이처럼 생겼는데.

"……!"

이정주 눈길을 끄는 단 한 마리 짐승이 있었으니.

예뻤다.

사람과 거의 비슷한 용모의 짐승.

꼬리만 없다면 틀림없는 사람이었다.

그것도 아주 예쁜 여자 사람.

짐승들은 이상한 물건을 들고 이정주 일행을 바라보고 있었다.

"모두 움직이지 말아요!"

그 예쁜 여자 같은 짐승이 말했다.

조선말이었다.

"여기가 어딥니까?"

이정주가 알았다는 듯 고개를 끄떡거리며 물었다.

움직이지 않겠으니 여기가 어딘지 가르쳐달라는 이야기다.

"여긴 천국성이란 별입니다! 당신들이 잡혀 온 지구에선 당신들 계산법으로 약 1억만 리 거리를 억만 번 곱한 거리에 떨어진 별입니다!"

예쁜 짐승이 자세히 알려주었다.

"이것들이!"

정철균이 반항하려고 칼을 뽑으려 하는 것을 이정주가 눈짓으로 말렸다.

반항해봐야 개죽음이라는 것을 알기 때문이다.

"당신들이 사람이라고 부르듯 우리도 이곳 천국성의 사람들입니다! 생김새가 좀 다르다고 이상하게 생각 마십시오! 그래도 우주에서 가장 비슷하게 생겨서 당신들을 잡아 온 것이니 다른 별에 사는 사람들은 우리하곤 너무도 틀리게 생겼답니다!"

예쁜 짐승. 아니 천국성 사람이 말했다.

"내 이름은 초이라고 합니다! 당신 이름은?"

예쁜 천국성 사람 초이가 이정주를 보고 물었다.

"이정주입니다!"

이정주는 예의를 갖춰 대답했다.

"당신들은 이제부터 본 천국성 연구진들의 연구 대상이며 관람객들의 구경거리와 함께 지정된 장소에서 생활하게 될 것입니다! 그리고 한 가지만 묻겠습니다! 함께 온 우리 천국성 우주인들은 왜 죽었습니까? 당신들이 죽였나요?"

초이가 호기심 어린 눈망울을 이리저리 굴리며 물었다.

"아닙니다! 아마 떨어지는 충격으로 죽은 것 같습니다!"

이정주가 대충 대답했다.

"거짓말 말아요! 이미 이틀 전부터 연락이 안 됐어요. 떨어지기 전에 죽은 거예요! 맞죠?"

초이가 입가에 미소를 머금고 이정주를 바라보았다.

"그건! 모르겠습니다! 우린 떨어진 후에 겨우 유리관 속에서 나왔으니까요!"

이정주가 얼른 대답했다.

"유리관? 아하! 그럴 겁니다! 그냥은 나올 수 없었을 테니까!"

초이가 고개를 끄덕거리며 뭔가를 한참 생각했다.

"아무튼 당신들은 지금부터 내 말을 들어야 합니다! 반항을 하면 죽을 겁니다!"

초이가 말을 끝내고 손짓을 하자 천국성 사람들이 우르르 달려들어 이정주 일행을 꽁꽁 묶었다.

"이정주라 했나요?"

초이가 이정주 앞에 와서 얼굴을 빤히 들여다보며 물었다.

"네! 그렇습니다!"

이정주는 덤덤하게 대답했다.

이미 생사를 초이 손에 맡긴 그였기에 적의를 보일 필요는 없었다.

또한 초이.

천국성 여자.

그녀는 정말 예뻤다.

"당신! 보면 볼수록 매력이 있네요! 호호……."

초이는 이정주 얼굴을 하얗고 작은 손바닥으로 몇 번이고 어루만지다가 웃음을 지으며 앞서 걸어갔다.

이정주 일행은 초이 뒤를 따라 걷기 시작했다.
"우아……!"
심말례가 무엇인가 발견하고 탄성을 질렀다.
"보석이다!"
김옥희도 탄성을 질렀다.
산이며 들에 큰 바위와 작은 돌들이 모두 수정이나 다이아몬드 같은 보석들이었다.
지구에서 흔히 볼 수 있는 돌과 흙처럼.
몽땅 진귀한 보석들인데.
"당신들 사는 지구에선 진귀한 보석들이지만 여기선 그냥 돌이고 흙입니다! 흙도 저 돌들이 부서져 흙이 된 것이니까요!"
초이가 빙긋 웃으며 설명했다.
그랬다.
흙도 작은 다이아몬드 또는 수정과 진주 같은 보석 알맹이들이 섞여 반짝거렸다.
산과 들에 큰 바위처럼 반짝이는 보석들이 박혀 있었는데,
"하! 저 큰 보석 하나 갖고 가면 부자 되겠다!"

정천균이 퇀성을 질렀다.

묵묵히 걷고 있는 이정주는 고개만 끄떡거렸다.

약 5리쯤 걸어가자 이상한 물체가 나타났다.

무슨 배 같기도 하고 아니면 작은 집 같기도 한 물건들.

이정주 일행은 그 물건에 태워졌다.

부르릉.

요란한 소리를 내며 그 물건들은 잘 다듬어진 길을 따라 빠르게 움직였다.

"신기한 물건이네!"

이정주가 중얼거렸다.

"그러게요! 이게 뭐죠?"

심말례가 궁금증을 참지 못하고 초이에게 물었다.

"당신들 살던 곳에서 마차나 말처럼 운송 수단으로 만든 겁니다!"

초이가 대답했다.

"저 죽은 사람은 태워버릴 겁니다!"

초이가 박영후 시체를 가리키며 말했다.

"우리들 살던 곳에선 남편이 죽으면 3~5일장을 치러야 하지요. 저기 시체를 않고 있는 여인이 죽은 사람 아내이므로 잠시 시간을 주시길 바랍니다! 부탁합니다!"

이정주가 정중히 초이에게 부탁했다.

"시간이라! 얼마나 드리면 되겠어요?"

초이가 무척 호의적으로 나왔다.

"이틀이면 되겠습니다!"

이정주가 다시 정중하게 말했다.

"좋아요! 아바마마께 말씀드려서 2일간은 저 여인과 함께 있도록 조치를 취할게요!"

초이가 김옥희를 오른손으로 가리키며 말했다.

"아바마마! 그럼 당신은 공주님이시군요?"

이정주가 물었다.

"당신들 말로 그렇게 부르는 것이 맞습니다!"

초이가 대답했다.

이정주 일행을 태운 물체는 일각 정도 달려서 어느 곳에서 멈추었다.

이정주가 밖을 내다보니 마치 벌집 모양을 한 건물들이 빽빽이 들어서 있었다.

아마도 천국성 사람들이 사는 집 같았다.

"저 정도로 집이 많으면 인구도 많겠네."

이정주가 혼잣말로 중얼거렸다.

"우리 천국성 별은 당신들 살던 지구의 3분지 1정도 크기의 별이며 인구는 7백만 명 정도입니다!"

초이가 이정주가 중얼거리는 소리를 듣고 자세히 알려줬다.

"저기…… 부탁이 하나 있습니다!"

심말례가 초이를 바라보며 말했다.

"부탁이요?"

초이가 들어주겠다는 듯 고개를 끄떡거리며 물었다.

"제 옷에 보면 주머니가 있는데 거기 알약 좀 꺼내서 저 언니 좀 한 알만 먹이세요!"

심말례는 김옥희를 턱으로 가리키며 말했다.

"그러죠!"

초이가 대답을 하며 심말례 옷을 뒤져 비단 천으로 싼 알약 뭉치를 꺼내 들었다.

"이거 말인가요? 5개네!"

초이가 비단 천을 풀자 검붉은 밤톨만 한 알약이 5개 나왔다.

청아한 향기가 이정주 일행을 태운 물체 공간에 퍼졌다.

"네! 저 언니 한 알 먹이고 우리도 한 알씩 먹여주세요!"

심말례가 간절한 눈길로 부탁했다.

"이게 무슨 약이죠?"

초이가 의심스러운 눈초리로 물었다.

혹시 먹고 죽으려는 것이 아니냐는 듯이.

"물에 빠지고. 저기 죽은 오라버니가 감기가 걸려서. 우리들도 예방 차원에서 미리 먹어두려는 것이에요! 또 오랫동안 멀리 날아왔더니 육체적으로 힘들어서요."

심말레가 안심하라는 눈짓을 하며 말했다.

"효능은?"

초이가 다시 물었다.

아직도 의심이 간다는 눈치다.

"몸살, 감기. 즉 몸이 으슬으슬 춥고 온몸이 아프고 그럴 때 좋아요! 제가 만든 겁니다."

심말레가 대답했다.

환약은 심말레가 직접 만든 약이었다.

"음…… 5알인데 제가 하나 먹어도 되죠?"

초이가 사람이 4명이니 남는 한 알은 자기가 먹겠다는 뜻을 보였다.

"그렇게 하세요!"

심말례는 얼른 대답했다.

"어디 보고요!"

초이는 얼른 환약 하나를 입에 넣고 오물오물 씹더니 꿀꺽 삼켜버렸다.

물론 심말례 눈치를 세심히 살피는 것도 잊지 않았다.

"음! 죽을 약은 아니군요!"

초이는 안심이 된다는 듯이 김옥희부터 환약은 하나씩 입에 넣어줬다.

"이걸 꼭 먹어야 하나?"

마지막으로 이정주가 환약 한 알을 입에 물고 심말례를 바라보며 물었다.

"네! 얼른 드세요!"

심말례는 이정주에게 얼른 삼키라는 눈짓을 보냈다.

"영후 오라버니가 죽은 후에 일어난 일들을 보세요! 병세가 의심스러워서요."

이정주가 환약을 삼키는 것을 보고 심말례가 말했다.

"뭐가?"

정철균이 이해를 못 하겠다는 투로 물었다.

"어떤 빠른 전염을 의심하는 거예요."

심말례가 그렇게 말하며 눈짓을 보냈다 더 이상 꼬치꼬치 묻지 말라는 것이다.

박영후가 죽은 후 그 시체를 들고 가던 천국성 사람이 금방 죽는 것과 근처에 모든 천국성 사람들이 죽어있는 것을 본 심말례가 고심 끝에 내린 처방이었다.

이정주는 이미 눈치를 챘다는 듯 빙그레 웃었다.

"무슨 말이에요?"

초이가 심말례를 보며 다그치듯이 물었다.

"그냥 제 생각일 뿐입니다! 공주님은 한 알 드셨으니 안심하셔도 될 것 같네요!"

심말례가 살짝 입가에 미소를 지었다.

이정주 일행이 끌려간 곳은.

동물원 같은 곳이었다.

철망을 치고 작은 생활공간을 만들어서 구경꾼들이 몰려와 볼 수 있게 만든 장소다.

그곳에서 간단히 장례식을 치르고 2일 만에 박영후 시체는 천국성 사람들에게 인도되어 동물원 가운데서 화장을 했다.

구름처럼 몰려온 천국성 사람들은 신기한 구경거리에 매일 숫자가 점점 늘어났다.

동물원 짐승에게 먹이를 주듯

구경꾼들이 던져주는 음식물을 받아먹어야 했다.

그렇게.

한 보름쯤 지났을까.

점점 늘어나던 구경꾼들은 차츰 그 숫자가 줄기 시작했다.

그리고

1달쯤 지났을 때는 하루에 구경 오는 사람이 고작 열 명 미만

이었다.

그렇게 며칠을 지났을까.

천국성 사람들 모습을 구경하기도 힘들었다.

배도 고프고 목도 마르고 이정주 일행은 철망을 탈출해서 밖

으로 나왔다.

"헉!"

밖으로 나온 이정주 일행은 깜짝 놀랐다.

악취가 진동하며 온통 시체들뿐이었다.

천국성 사람들이라는 그 원숭이처럼 생긴 자들은 하나도 안

보이고 모조리 죽어 있었다.

"이게! 어찌 된 일이죠?"

김옥희가 이정주와 정철균을 바라보며 물었다.

"제가 생각했던 그대로예요!"

심말례가 대답했다.

이정주는 수긍이 간다는 듯 고개를 끄덕이고 있었다.

"생각했던 대로?"

김옥희가 심말례에게 물었다.

"영후 오라버니가 우리들을 살린 거예요!"

심말례가 의미 있는 웃음을 지으며 말했다.

"무슨 소리냐?"

정철균이 답답하다는 표정을 지으며 물었다.

"영후 오라버니가 돌아가시면서 남긴 전염병에 모두 전염돼서 죽은 것입니다!"

심말례가 말했다.

"뭐? 그게 무슨 말이야?"

정철균이 이해를 못 하겠다는 투로 물었다.

"즉 우리들한텐 가벼운 감기고 몸살이고 그렇지만 여기 천국성 사람들에게는 치명적인 세균이다, 이겁니다! 그래서 누님이 우리들한테 환약 한 알씩 먹게 한 것이고요! 우리들까지 전염될까 봐 예방 차원에서."

이정주가 대신 설명했다.

"허! 그럴 수가! 그게 사실입니까?"

정철균은 아직 이해를 할 수 없다는 표정이나.

그때였다.

"흥! 너희들은 이미 알고 있었단 말이지?"

언제 나타났는지 초이가 손에 이상한 물체를 들고 무서운 눈으로 다가왔다.

"모조리 죽여주마!"

초이는 무척 화 가나 있었다.

이정주는 초이 손에 든 것이 이상한 무기라는 것을 알았다.

또한 자신들이 상대할 수 없는 무서운 무기라는 것을.

"아! 아닙니다. 우리들도 예상만 했을 뿐. 확신은 없었습니다!"

이정주는 어떻게 하든지 초이 마음을 풀어줘야 한다고 생각했다.

"이제 알겠어! 너희들이 왜 그 알약을 하나씩 먹었는지. 나도 그 덕분에 멀쩡하잖아!"

초이는 금방이라도 무기를 발사할 자세다.

"초이 공주님! 그렇지 않습니다! 생각해보세요! 우리들이 당신들 신체 구조를 압니까? 당신들 생활 습관을 압니까? 당신들에 대해선 아무것도 모르는데 어떻게 당신들이 살고 죽을 것을 알겠어요? 그냥 의심스러웠던 것뿐입니다."

심말례가 솔직하게 설명했다.

"으앙…… 나도 알아요! 당신들은 죄가 없다는 것을…… 모두 당신들을 연구 한다 뭐다 하면서 잡아다가 구경시키고 그런 우리들 잘못이죠! 천벌을 받은 거예요! 흑흑…… 그래도 난 이제 아바마마와 어마마마도 없이 어떻게 살아요! 으앙……."

초이는 현명한 여자 같았다.

모든 걸 논리적으로 이해를 하면서도 천애 고아가 된 자신의 처지를 슬퍼하고 있었다.

핑핑.

초이는 손에든 무기를 아무 곳에나 발사하기 시작했다.

푸른 일직선 빛이 스치는 곳은 건물이건 나무건 바위건 모조리 먼지가 되어 날아갔다.

"헉!"

이정주 일행은 그 무기의 위력에 놀라움이 컸다.

저 정도 무기만 있으면 지구의 모든 대륙을 정복할 수 있으리라.

한참을 이리저리 무기를 발사하던 초이는 무기를 내동댕이치고 털썩 주저앉아 울기 시작했다.

이정주가 초이에게 다가갔다.

"미안합니다! 우리들이 본의 아니게 이 별나라 사람들을 다

죽였군요! 뭐라 위로를 해야 좋을지 모르겠습니다!"

이정주는 오른손으로 초이 어깨를 살며시 감싸주었다.

"흑……."

초이가 울음을 터뜨리며 이정주 품으로 파고들었다.

이정주는 말없이 손바닥으로 초이 어깨를 토닥거려주었다.

"다 죽진 않았어요! 아마 이곳 황성만 전멸했을 거예요! 부탁이 있어요! 우리 종족들을 좀 살려주세요!"

초이는 심말례를 바라보며 눈물을 흘리며 애원했다.

심말례가 의원이라는 것을 알기 때문이다.

지금의 병세도 심말례만이 치료를 할 수 있다는 것도 알고 있었다.

자신이 먹은 환약의 효능이 말해주고 있었다.

"이곳 약초들을 몰라서."

심말례가 말했다

들어주고는 싶지만 이곳 약초들 효능을 몰라서 어떻게 처방할지 답답했다.

"당신들 사는 지구에서 가져다가 기른 식물이 있는 곳으로 안내할게요!"

초이는 금방 얼굴이 밝아져서 앞장서 걷기 시작했다.

한 10여 리 이정주 일행은 생전 처음 보는 운송 물체를 타고 가니 넓은 초원 위에 지구에서 볼 수 있는 초목이 무성히 자라고 있었다.

"햐! 대단하다!"

이정주 일행은 감탄사를 연발했다.

심말례는 부지런히 뛰어다니며 약초들을 살피기 시작했다.

"다 채취하면 1만 명은 살릴 수 있겠네요!"

심말례가 약초를 한 줌 채취해서 들고 기쁜 모습으로 말했다.

"서둘러요! 시간이 지체되면 다 죽어요!"

초이가 급히 서둘기 시작했다.

이정주 일행도 서둘러 심말례가 지시하는 약초를 캐기 시작했다.

6개월.

긴 시간이 지나갔다.

심말례 일행이 천국성 곳곳을 돌아다니며 구한 천국성 사람들 수는 무려 8천여 명.

함께 돌아다니며 정들은 이정주와 초이 그리고 심말례는 한 가족이 되었다.

초이는 천국성 여왕이 되었고.

이정주 부인이 되었다.

김옥희와 정철균이 한 가족을 이루고 천국성이란 별에서 뿌리를 내리기 시작했다.

신기하게도 이정주 가족과 정철균 가족이 자식을 10여 명씩 낳아 자손을 번창하는 것과는 반대로 천국성 사람들은 차츰 그 수가 줄어들고 있었다.

심말례는 전염병을 고치는 과정에서 정자 수가 줄어들어 그렇게 됐다고 후세에 전했다.

초이가 낳은 자식은 무려 13명.

남자가 4명 여자가 9명이었다.

그 4명 남자 중 3번째 아들이 다음 왕이 되었다.

신기하게도 그 아들은 꼬리가 없었다.

9명의 여자들은 심말례가 낳은 아들과 김옥희가 낳은 아들하고 결혼을 하고.

그렇게 서로 씨족 결혼을 했다.

때로는 천국성 사람들과 결혼을 하는 사람도 가끔 있었다.

많은 사람들이 죽고.

특히 천국성 수도 황성에 몰려있던 인재들이 다 죽은 탓으로 지구의 500년은 앞서있던 찬란한 문명의 천국성은 차츰 쇠퇴의 길로 빠져들었다.

조금 다행인 것은 장비나 장치 무기 등을 조금은 다룰 줄 아는 초이가 있다는 것이었다.

1년.

10년.

100년.

그렇게 380여년이 흘렀다.

우주 저 멀리.

12개 태양계를 지나.

인간과 거의 비슷한 우주인들이 사는 천국성이란 작은 별.

지구에서 연구와 구경거리로 잡아 온 인간들에게서 세균 감염으로 전멸을 하다시피 한 천국성 우주인들.

아무리 전멸을 하다시피 하여 문명이 쇠퇴의 길로 갔다 하더라도 지구보다는 500여 년 앞선 찬란한 문명을 유지하고 있었다.

사람들이 날개 없이도 하늘을 자유롭게 날아다니고. 강수량을 마음대로 조정하는가 하면, 공해가 없는 자력을 이용한 동력으로 움직이는 우주선과 선박. 무동력으로도 하늘에 뜨는 가볍고 안전한 자가용 비행기들은 각자의 집에 제자리서 뜨고 내리는 까닭에 지구처럼 거미줄처럼 얽힌 도로나 공항의 활주로 같은 것은 이미 100여 년 전에 사라졌다. 꼬리가 있던 원주민들은 지구에서 간 인간들과 결혼을 하며 차츰 꼬리가 사라지고. 여성들은 크고 예쁜 눈을 원하는 풍습과 욕망 때문에 두 눈이 얼굴의 4분지 1은 차지할 만큼 커다란 눈을 가지게 되었다. 반면, 남자들은 약간 길쭉하고 매서운 눈으로 바뀌었다. 수천 년 전에 사라진 동물, 식물, 어류와 곤충들까지 인간에게 필요한 것들은 다시 복원시켜 더욱 인간에 유익한 것들로 다시 키우며 인간들의 건강과 행복을 추구하는데 온 전력을 다하고 있었다.

모든 전문 분야는 그 가문 대대로 전통을 이어 가도록 해서 모든 가문이 전통을 중시하며 대대로 연구를 거듭하여 나날이 발전하고 있었다.

심말례의 의학을 기초로 단 한 가지 의학에만 연구와 연구를 거듭한 가문.

의학가문.
심말례와 이정주 사이에서 태어난 후손들 가문.

그 의학의 끝이 어딘지.

천국성 사람들은 병으로 죽는 사람은 없었다. 심지어 죽은 사람까지도 살리기도 하는 경지에 도달해 있었다.

과학가문.

이정주와 초이 사이에서 태어난 황족.

황제를 제외하고 과학에만 몰두한 그 가문 덕에. 전기 없이 언제 어디서든 자신만 볼 수 있는 허공에 컴퓨터 화면이나 TV 화면 등이 나타나게 하는 신기루 모니터 시대에 살고 있었다. 집 안 청소나 거친 일들은 이미 로봇들이 전부 담당하고, 식당이나 점포 역시 로봇들이 손님을 맞이하는 시대에 살고 있었다. 수도에 있던 과학자들이 전멸한 가운데 다행히 초이가 있었기에 지구보단 500여 년 앞선 찬란한 문명을 유지하게 됐다고 볼 수 있다.

이정주와 심말례 사이에서 태어난 후손과 정철균 김옥희 사이에서 태어난 후손이 서로 결혼하여.

다른 가문보다 100여 년 늦게 출발을 한 농업가문.

그 농업가문 덕에 식물에서 고기를 채취하고, 인간의 몸에 가장 적합한 영양가가 풍부한 농작물들을 개발해서 천국성 사람들은 모두 건강하게 살아갈 수 있었다. 기후를 마음대로 조정하여 농작물을 기르는 까닭에 천국성은 풍요로운 삶을 유지하고 있었다.

武門(무문)

국방가문.

그들은 오로지 무기와 무술을 연구하는 가문으로.

정철균과 김옥희 후손들이 세운 가문이다. 활에서 화약총으로 다시 광선총으로. 지금은 전파총을 개발해서 전파의 파장으로 어느 지역 어디든 장애물도 무시하며 목표물을 제거할 수 있는 단계에 와 있었다.

그들의 힘과 무기의 성능이 어느 단계까지 왔는지는 오로지 단 한 사람.

무문(국방가문) 후계자와 문주만 안다.

그들은 국방과 치안을 담당한다.

상인가문.

모든 상거래는 상인가문에서 독점한다.

천국성 원주민들이 운영하는 상인가문의 재산이 어느 정도인지는 오로지 상인가문 문주만이 안다. 상인가문은 우주의 다른 별과도 상거래를 한다. 빠름을 우선으로 하는 소형 둥근 형태에 우주선은 물론 차가운 공기를 연료로 사용하는 새로운 개발로 만든 엔진을 사방으로 10여 개씩 달고 운행하는 거대한 화물을 실어 나르는 기능을 우선으로 만든 우주선을 다량으로 보유하고 있었다.

그들이 보유한 우주선만 100여 대에 달한다.

공업가문.

원주민과 지구인 사이에서 태어난 후손들 손에서 운영된다.

옷이며 그릇이며 운송 수단, 우주선까지. 오로지 공업가문에서만 만든다. 그들이 우주선 외에도 사람이 하늘을 날 수 있는 장치를 양말 형태로 개발해서 만들고, 횡로라는 새로운 도로를 만들어 시험 운행에 들어갔다. 횡로란 폭이 2미터 남짓한 움직이는 도로다. 장애인과 노약자를 위해 만든 것으로 도로 위에 서면 도로가 움직여 목적지까지 갈 수 있다. 횡로 역시 지능이 뛰어나 많은 사람들이 각자 원하는 위치를 원해도 실수 없이 데려다준다.

그들 손에서 못 만드는 것은 없다. 심지어 우주 다른 별에서도 주문이 들어온다.

독문.

모든 독의 근원이라 할 수 있는 독문은 천국성의 모든 해충이나 인체에 해로운 균들을 철저히 박멸함으로써 천국성엔 인체를 위협할 어떠한 균도 남아있지 않았다. 특히 외계의 별에 다녀온 우주선은 필히 독문의 방역을 걸쳐야만 했다. 허나, 독문은 언제부터인가 차츰 그 위세가 사라지고 있었다.

독문의 전임 문주가 행방불명되고 마땅한 후계자가 없던 탓이기도 했다.

그리고 비밀단체.

무문無門 (비밀단)

황제의 직속 기관이다.

몇 명인지.

누군지.

모든 게 신비에 싸여있다.

비밀단의 수장은 황제의 명만 따른다.

허나 무상영패가 나타나면 그도 따라야 한다.

또 하나.

천국성엔 성역이 하나 있다.

천궁.

누가 사는지.

무엇이 있는지.

아는 사람이 없다.

들어가면 반드시 죽는다.

누구를 막론하고 절대 들어갈 수 없는 곳.

천궁이다.

아무리 황제라 해도 들어갈 수 없는 곳.

황제가 있는 황궁 뒤쪽에 자리 잡고 있었다.

거대한 옥으로 네모반듯하게 깎아 가운데 둥근 구멍을 뚫었다.

사람 하나 겨우 들어갈 정도 크기로 된 구멍.

그 구멍 위에 붉은색 한글로 이렇게 새겨있다.

천궁.

모든 벽면이 다 옥으로 됐고 높이는 약 5미터 정도 되었다

안으로 들어갈 수 있는 유일한 출구가 오로지 사람 하나 겨우

들어갈 구멍뿐이다.

그 구명 옆으로 붉은색 작은 글씨로 이렇게 새겨있다.

이유 불문 들어가면 무조건 죽인다.

그 작은 구멍을 통과하면 바로 3미터 정도 넓은 연못이 옥으로 된 30여 평 2층 건물을 둥글게 포위하듯 만들어져있고 투명한 유리로 된 넓이 50센티 정도 좁은 다리가 하나 놓여있다.

연못의 깊이는 어느 정도 인지 끝이 보이지 않았다.

연못에는 수십 종의 물고기들이 헤엄치며 놀고 있었다.

다리를 건너면 지구에서나 볼 수 있는 약초들이 빽빽이 자라고 있는 정원이 나타난다.

정원은 옥으로 된 30여 평 건물과 연못 사이에 약 10여 미터 넓이로 건물을 한 바퀴 감싸고 있다.

건물엔 역시 둥근 구멍이 하나 있는 것이 유일한 출입구다.

사람 그림자도 보이지 않는데 연못과 정원 곳곳엔 엄청난 살기가 흐르고 있었다.

건물 유일한 출입구 구멍으로 들어가면 넓은 거실이 나오는데.

오른쪽에 방문이 하나 보일 뿐 의자도 탁자도 어떤 가구나 장식도 보이지 않는다.

바닥은 누군가 금방 청소를 한 듯 반짝반짝 광채가 날 정도로 깨끗했다.

왼쪽으로 2층으로 올라가는 자수정으로 된 계단이 보이는데.

그 위에서 말소리가 들렸다.

아마도 사람이 있는 듯.

2층으로 올라가면 밖이 훤히 내려다보이는 사방이 유리창으로 됐는데

그 넓은 공간에 달랑 탁자 하나와 의자 두 개만 놓여있다.

지금 그 의자에 젊은 여인과 수염이 하얗고 긴 노인 한 분이 앉아있었다.

"네가 선조님들의 유지를 받들게 돼서 무척 기쁘다!"

수염이 하얀 노인이 먼저 입을 열었다.

"태상황전하! 소녀 기필코 선조님들의 유지를 완수하고 돌아올 것입니다!"

여인이 공손하게 말했다.

태상황.

현 황제의 부친이다.

"그래! 무려 380년을 기다려 온 대업이다! 우린 오로지 선조님들의 유지를 받들기 위해 노력했다! 이제 네가 지구로 가서 그 대업을 완수하고 돌아와라!"

노인 태상황의 목소리는 떨리고 있었다.

너무 고대하던 순간이기에 감회가 남달랐던 것이리라.

"소녀 바로 출발을 하겠습니다!"

여인이 일어섰다.

갸름한 얼굴에 검고 커다란 눈.

오뚝한 콧날.

완벽한 미녀다.

"열어주마!"

태상황이 주머니에서 사각으로 된 얇고 긴 조그만 물건을 꺼냈다.

그 물건엔 작고 둥근 파란색과 붉은색 두 개의 단추가 있었다.

태상황은 파란색 단추를 엄지손가락으로 눌렀다.

스르르릉.

작은 소리가 들리며 탁자 옆 바닥이 서서히 갈라지기 시작했다.

바닥이 넓이 5미터 정도 정사각형으로 갈라진 뒤 멈추었다.

스르르릉.

다시 아래 1층 바닥이 갈라지기 시작했다.

1층 바닥은 전체가 갈라지며 그 아래 지하실이 보였다.

지하실엔 둥글고 긴 은색 물체가 하나 놓여 있었다.

길이 20여 미터 넓이 4미터 정도 크기다.

그 물체가 서서히 움직이며 세워지기 시작했다.

로켓.

우주선인가 보다.

물체. 우주선이 똑바로 서자 2층 천장이 열리기 시작했다. 천장 역시 5미터 정도 정사각형으로 갈라진 뒤 멈췄다.

우주선이 서서히 올라오며 맨 꼭대기가 2층 천장 위로 조금 더 올라간 뒤 멈췄다.

스르륵.

우주선 문이 열렸다.

정확히 2층 바닥 높이에서 사람이 들어갈 수 있는 위치다.

"태상황전하! 그럼 소녀 출발하겠습니다!"

여인이 넙죽 엎드려 태상황을 향해 절을 하고 우주선 안으로 들어갔다.

"애야! 몸조심해라."

태상황이 자식을 떠나보내는 아버지처럼 눈에 눈물을 반짝 보이고 있었다.

휘잉.

바람이 스쳐 지나갔나.

순식간에 소리도 없이 우주선은 사라졌다.

"무사히 돌아와야 할 텐데."

혼자 남은 태상황은 눈물을 손수건으로 닦으며 중얼거렸다.

울창한 숲을 이루고.

검은색 건물이 하나 있었다.

건물 주위는 온통 굵은 나무들이 빽빽이 들어서 있었다.

검은색 건물엔 넓이 2미터 높이 2미터 정도의 커다란 문이 하나 있었다.

문 안에 아무것도 보이지 않았다.

어둡기 때문이다.

온통 어둠뿐인 이곳.

큰 문 위에 글씨가 없었다면 그냥 버려진 창고로 착각을 했을 것이다.

문 위에 회색 글씨로 이렇게 쓰여 있다

無門.

그 안에서 사람 소리가 들렸다.

"소연 아가씨를 보호하라! 분명 소연 아가씨를 노리는 적이 지구로 향했을 것이다! 넌 소연 아가씨를 잘 보호해야 한다!"

카랑카랑한 할머니 목소리다.

"네! 알겠습니다!"

남자인지 여자인지 구분이 안 되는 앳된 목소리가 들렸다.

"가라!"

카랑카랑한 할머니 목소리를 끝으로 더 이상 아무런 소리도 들리지 않았다.

또다시 세월은 흘러

90년 후.

주인공 영미 나이 4살.

오빠가 영미를 자율선이네 집에 잠깐 맡기고 집으로 간 후 검은 복면의 괴한들에게 영미 가족은 몰살당하고. 자율선이 집에 맡겨진 영미만 살아남았다. 자율선의 부모가 영미를 귀여워해 주는 것이 불만이었던 자율선은 영미를 무척 미워했다.

남들보다 걸음마를 일찍 배운 탓에 제법 뜀박질을 할 줄 알았던 영미는 화창한 봄 어느 날.

3살 많은 이웃집 오빠 겸 친구 자율선과 나란히 손을 잡고 뒷동산에 올라가 뛰어놀다가 갑자기 땅이 푹 꺼지며 땅속으로 떨어졌다.

어둡고 긴 동굴을 굴러떨어진 영미와 자율선은 정신을 잃고 말았다.

똑똑…….

차가운 물방울이 하나둘 떨어지며 어린 영미의 얼굴을 때렸다.

"아 차가워……!"

영미는 배 위에 떨어진 차가운 물방울을 손바닥으로 닦으며 정신을 차렸다.

영미가 고개를 들어 주위를 살펴보니 남녀 한 쌍이 영미를 내려다보고 있었다.

"헤헤…… 네 이름이 뭐니?"

도대체 나이가 몇 살인지 짐작조차 어려운 여인이 하얀 이빨을 드러내며 웃음을 짓더니 영미 이름을 물었다.

머리는 검지만 땅바닥에 질질 끌리는 길고 긴 머리카락에 얼굴엔 주름살이 가득했다.

"정영미에요."

영미는 예쁘게 말했다.

말하는 태도가 제법 어른스러운 것이 여간 귀엽지 않았다.

"키키…… 정영미라……! 정가 손녀로군!"

마치 돼지처럼 살이 뒤룩뒤룩 쪄서 걷는 것인지 굴러다니는 것인지 알기 힘든 남자가 말했다.

"어쩌다가 이곳으로 떨어졌니?"

긴 머리 여인이 물었다.

"율선이랑 놀다가 빠졌어요."

영미는 초롱초롱한 눈으로 여인을 바라보며 대답했다.

"호오⋯⋯ 그 녀석 울지도 않고 겁도 없고. 내가 좋으냐?"

긴 머리 여인이 다정하게 물었다.

"네!"

영미는 고개를 끄덕이며 대답했다.

"허⋯⋯! 내가 누군지 아느냐?"

긴 머리 여인이 영미를 자상한 눈으로 바라보며 물었다.

영미는 고개를 살랑살랑 저었다.

"알지도 못하면서 좋다⋯⋯? 이 박우혜를!"

긴 머리 여인이 하얀 이빨을 드러내며 미소를 지었다.

박우혜.

청살지 박우혜.

손가락이 청색으로 변하면 상대는 반드시 죽는다.

손가락처럼 생긴 무기를 가지고 다니며 많은 고수들을 상대로 대련이란 미명 아래 살인을 저지른 박우혜.

130여 년 전.

천국성을 공포로 몰아넣었던 대 살수.

그녀에게 죽은 사람은 무려 106명.

모두 내로라하는 고수들이다.

결국 천국성 각 문파의 고수들 300여명이 합동으로 공격해서 겨우 자암옥에 떨어지게 했던 사건이었다.

천국성 역사상 7번째로 강한 악인으로 기록된 살수 청살지 박우혜.

영미가 알 리 없었다.

"키키…… 그럼 나 고림추이는 어떠냐? 좋으냐?"

돼지 같은 뚱뚱보 남자가 영미를 보고 물었다.

"네! 좋아요!"

영미는 생글생글 웃으며 고림추이라는 뚱뚱한 남자를 올려다보았다.

"허……! 나도 좋다고?"

뚱뚱한 고림추이가 어이없다는 표정을 지었다.

그러나 좋아서 싱글벙글 웃고 있었다.

고림추이.

천하제일권.

천국성 역사상 권법으로는 천하제일 위치에 있는 고림추이.

그의 주먹은 쇠도 부순다.

자암옥 죄수들 가운데 유일하게 살인을 하지 않은 죄수다.

그의 죄목은 단지 기물파괴죄.

그가 주먹으로 파괴한 건축물은 1개 도시에 해당한다.

이유도 가지가지.

지나가는데 길을 막았다는 이유.

건축물이 아름답지가 않다는 이유.

못생긴 사람이 산다는 이유.

잘생긴 사람이 산다는 이유.

그는 그렇게 건축물을 파괴하고 각 문파 고수들과 한바탕 싸우며 스스로 자암옥으로 떨어졌다.

그가 남긴 한마디.

적수가 없어서 자암옥에 적수 찾아간다.

그러나,

어떤 사람들은 그가 각 문파 고수들에게 잡혀 자암옥으로 보내졌다고 하지만.

그가 남긴 한마디에 자존심이 상한 각 문파 고수들이 지어낸 것이다.

"요 녀석! 우리들 심심할까 봐 하늘이 보내준 아이 같아! 잘 키워야지!"

고림추이가 싱글벙글 웃으며 영미를 두 손으로 번쩍 들어 안았다.

"크크…… 요녀석은 이진함님이 맡아 기르마!"

언제 나타났는지 키가 무척 큰 장대 같은 남자가 자율선은 안고 웃었다.

"허……! 그 녀석 날아다니겠군!"

고림추이가 자율선을 보며 말했다.

이진함.

천하제일비.

천국성 역사상 가장 빠른 사나이.

그는 그 빠른 발을 이용해서 50여 년 전 천국성을 공포로 몰아넣었던 대마두다.

물론 천국성 문명이 이미 200여 년 전 하늘을 날 수 있는 장치(양말, 신발)를 만들어 일반인들이 사용했으나 그 장치 없이도 장치를 사용하는 일반인들의 20여 배나 빠른, 하늘을 날아다니는 무술을 갖고 있던 이진함이었다.

자율선은 그렇게 자암옥에서 첫 만남부터 하늘을 날아다니는 기술을 배우게 된다.

자암옥 동굴은 배수가 잘되는 자연적인 분지가 3만여 평 형성돼 있었다.

지상에서 그 깊이가 무려 80여 미터 깎은 듯 매끈한 바위 낭떠러지를 형성하고 있는데,

그 분지를 둘러싸고 있는 절벽 아래로 수많은 동굴이 뚫려 있었다.

천연적인 동굴들인데 마치 사람들이 살기 좋게 그 깊이도 알맞게 형성돼 있었다.

4살짜리 영미는 청살지 박우혜의 손에서 귀여움을 독차지하며 각 동굴에 한명씩 살고 있는 악인들에게 체력과 무기를 다루는 기술을 배우기 시작했다.

일찍 하늘을 날아다니는 기술을 배운 자율선은 자암옥에 떨어진 후 7개월 만에 영미와 함께 떨어진 동굴로 혼자 탈출했다.

탈출에 성공을 한 자율선은 치안국에 신고를 해서 영미의 탈출은 생각하지도 않고 그 동굴을 폭약으로 막아버렸다.

물론 이유야 악인들 탈출로 차단이 목적이었지만.

영미는 영원히 밖으로 나갈 수 없게 되었다.

청살지 박우혜의 손가락 무기 기술을 단 6개월 만에 모두 배운 영미는 고립추이의 천하제일 권법을 4개월 만에 모두 배웠다.

영미의 무술을 익히는 능력은 악인들이 기절할 정도로 점점 빨라졌다.

무영투 정군영.

고립추이 바로 옆 동굴에 사는 남자였다.

보기엔 40대처럼 젊음을 유지하고 있지만 실제 나이는 82세였다.

60년 전 20대 나이에 천국성을 놀라게 했던 도둑이었다.

절대 흔적을 남기지 않고 남의 눈에 들키지 않기로 유명한 도둑.

천국성 사람들은 그를 무영투라 불렀다.

무영투.

천국성 사람들 뇌리에 이름도 얼굴도 알려지지 않은 인물.

그런 그가 자암옥에 갇히게 된 것은 바람 때문이었다.

뢰검.

요란한 소리를 내며 상대를 공포에 떨게 만든다는 전설적인 검.

그 크기는 30여 센티 정도의 가늘고 긴 송곳 같은 검이지만,

그 검은 공포 그 자체였다.

적과 아군을 구별하여 살생하는 검.

그 검이 지나간 반경 1킬로미터 위치에 있는 적은 한 방울 피로 변해 사라진다.

또한 죽음은 면할 수 있는 위치라 하더라도 그 요란한 소리에 고막이 터져 불구가 되거나 정신 이상이 된다.

한번 사용하면 빛과 같은 빠른 속도로 1초 정도 일직선으로 날아가다가 다시 주인에게 돌아온다.

60년 전.

그 뢰검을 찾을 수 있는 지도.

천국성은 그 종이 한 장 때문에 연일 피비린내를 풍기며 살육장이 되고 있었다.

독신 이지예.

그는 의문(醫門)에서 쫓겨난 사람이었다.

환자들한테 독을 사용해서 치료를 한답시고 3명을 죽인 사건 때문이었다.

독신 이지예가 홀로 독문이라는 것을 만들고 제자를 2명 받아 가르치면서 독에 관한 것을 연구하여 불과 30년 만에 거대한 독문이 탄생되었다.

무수한 짐승과 사람을 독으로 죽여서 공동의 적이 되어 쫓기던 독신 이지예는 59명 각문파 고수들을 한 번에 독살하며 뢰검지도를 차지했다.

그러나,

무영투.

그의 손놀림에 지도는 다시 무영투 정군영의 손에 들려졌으나

독신 이지예의 독 공격을 피해 도망치다가 그만 손에 들고 있던 뢰검 지도를 바람에 날리고 말았다.

바람을 타고 날아가던 뢰검 지도를 서로 잡으려고 하다가 무

영투 정군영과 독신 이지예는 자암옥으로 떨어지게 된다.

자암옥에 떨어진 무영투 정군영과 독신 이지예는 수없이 싸우다 그만 서로 정이 들어 부부가 되었다.

그러나,

독신 이지예 근처엔 워낙 강한 독이 항상 연무처럼 형성되어 동굴은 각자 다르게 사용하고 있었다.

독신 이지예 근처에 매일 1시간은 괜찮고 1시간은 독무가 형성된다. 독무가 형성될 때는 어느 누구도 근처에 다가오면 죽임을 당한다.

무영투 정군영이 있는 옆 하나 건너 동굴이 독신 이지예의 보금자리였다.

왜 하나 건너 동굴에 살게 되었는지.

그 이유는 그곳엔 이미 동굴 주인이 있기 때문이고.

그 동굴 주인이 너무도 무서운 사람이기에 감히 누구도 건드리기를 두려워한다.

무신武神 심주덕.

천국성 역사상 가장 뛰어난 인물.

천국성 역사상 가장 악독한 악인.

천국성 역사상 가장 강한 인물.

모든 분야에서 서열 1위에 있는 인물.

그가 있기 때문이다.

160여 년 전.

천국성은 공포와 피로 물들었다.

단 하나 17세 어린 소년 때문이었다.

어떠한 폭탄도 그를 죽이진 못했다.

천국성 군부대와 치안국까지 총동원돼서 그를 죽이려 했지만 희생자만 늘어났다.

무신 심주덕에게 1년 동안 죽임을 당한 천국성 군인과 경찰은 무려 3만 4천여 명.

무신 심주덕이 이렇게 많은 사람을 죽이게 된 이유는 단 한가지였다.

박은지.

심주덕의 여자 친구.

박은지를 도둑으로 잘못 알고 검거하여 치안국으로 이송하는 도중, 훈련 중이던 군 비행 물체와 충돌하여 사고로 박은지가 죽은 것이다.

박은지의 죽음을 슬퍼하며 경찰과 군인들에게 항의를 하는 도중 시비가 붙어 주먹을 휘두른 심주덕.

단 한 방 맞은 경찰이 즉사하였고,

심주덕을 체포하려는 경찰과 군인들을 상대로 전투가 시작되었던 것이다.

어떠한 폭탄도 무기도 심주덕을 죽일 수는 없었다.

심주덕을 체포하려는 군. 경찰은 계속 사상자만 늘어갔다.

각 문파 정예 고수들 2천여 명.

군·경찰 5천여 명.

말 그대로 인해전술을 하여 겨우 무신 심주덕은 자암옥에 갇히게 되었다.

이 전투에서 문파 고수들 1,673명 사망. 300여명 중상. 군. 경찰 4,679명 사망.

무신 심주덕을 자암옥에 밀어 넣은 대가는 어마어마했다.

그 당시 무신 심주덕의 팔과 다리에 매달려 함께 떨어진 고수들이 없었다면 희생은 더욱 컸을 것이다.

무신 심주덕의 팔과 다리를 잡고 함께 떨어진 고수들은 자암옥 바닥에서 무신 심주덕에게 바로 살해당했다.

또한 화풀이로 자암옥에 갇혔던 26명의 악인들까지 죽이고서야 무신 심주덕은 본래의 선량함으로 돌아왔다.

그 심주덕의 살육에도 살아남은 악인들은 겨우 8명이었다.

세월이 흘러 지금은 단 한 사람만 살아있었다.

당시 나이가 심주덕보다 겨우 10살 많은 비마 자량후민.

천국성 역사상 무기 기술 면에서 당당히 서열 2위에 있는 인물.

그 혼자만 아직까지 살아 있었다.

영미는 그들의 공동 제자가 되었다.

다시 10년이란 세월이 흘렀다.

황금으로 만들어진 탁자 위엔

수정으로 된 주전자가 하나 놓여있고

맑고 투명한 다이아몬드 컵엔 모락모락 김이 솟아오르고 있었다.

늙고 앙상한 손이 그 다이아몬드 컵을 들었다.

황금으로 된 의자 위에 앉은 나이를 짐작하기 힘든 할머니였다.

할머니는 다이아몬드 컵을 입으로 가져가 김이 모락모락 나는 차를 한 모금 마시고 앞을 바라보았다.

할머니 맞은편엔 예쁘고 귀여운 소녀 한 명이 앉아 있었다.

소녀는 적당히 긴 생머리에 검고 큰 눈. 하얗고 투명해 보이는 피부에 어딘가 장난기가 가득 서린 소녀였다.

소녀는 어깨에 긴 장검을 메고 허리엔 작은 소검을 차고 있었는데 짧은 반소매 티셔츠에 역시 짧은 반바지를 입고 있었는데 모두 하얀 백색 옷이었다.

"100년 전에 지구로 선조님들 유지를 받들고 갔다가 실종된 소연님과 그 일행의 행방을 찾아라! 그리고 어사 임무를 수행 중인 태자 이강철을 죽여라! 그것이 감찰어사 그대의 임무다!"

할머니의 목소리가 카랑카랑하게 울렸다.

맞은편에 앉은 소녀가 두 눈을 동그랗게 뜨고 믿을 수 없다는 표정으로 할머니를 바라보았다.

"무슨 말씀이세요? 태자님을 죽이라니요?"

소녀가 놀란 표정으로 물었다.

"이유는 그를 죽이면 자연히 알게 된다! 그대가 그를 사랑한다는 것 또한 모르는 것은 아니지만 반드시 죽여라! 죽이지 못하면 다시는 천국성에 돌아오지 못하게 하라! 그것이 선조님들의 유지다."

할머니 목소리가 또박또박 소녀의 귀를 파고들었다.

"이해할 수 없습니다! 제가 그 태자님, 아니 오빠를 얼마나 좋아하는지 아시면서! 그런 명을 내리시는 이유를 말씀해주십시오!"

소녀는 좀처럼 물러나려 하지 않고 다시 할머니에게 물었다.

"태상감찰어사부에서 결정한 명을 이행할 수 없다는 것이냐?"

할머니가 화난 목소리로 소녀에게 물었다.

"아, 아닙니다! 명 받습니다!"

소녀는 어쩔 수 없다는 듯 말했다.

"그럼 내일 당장 떠나거라! 만약을 위해 소연님을 찾으면 데려올 수 있게 중형 우주선을 타고 가도록."

할머니는 그 말을 남기고 의자가 빙글 도는가 싶더니 온데간데없이 사라졌다.

"흑…… 오빠! 어떡해. 흑흑……."

소녀 혼자 남아 울음을 터뜨렸다.

"태상감찰어사부의 보물. 남은 무체도 반드시 찾도록 해라!"

어디선가 할머니 목소리가 들려왔다.

소녀는 어깨를 들썩이며 그냥 울기만 하였다.

울고 있는 영미의 앞에 둥근 영패 하나가 천천히 날아와 놓였다.

"무상영패를 너에게 주마. 이제 나도 늙었다. 앞으로 태상감찰어사부령은 영미 너다. 이는 모든 어사부들의 공통된 의견이다.

이제부터 영미 네가 제8대 태상감찰어사부령이니라."

어디선가 늙은 할머니 목소리가 들리고 뒤이어 많은 사람들이 감축 인사를 했다.

"제8대 태상감찰어사부령 영미님 감축드립니다."

"우주 최강자가 되신 것을 경하드립니다."

"천국성 최고의 자리에 오르신 것을 감축 또 감축드립니다."

많은 사람들의 축하 인사를 받으며 영미는 무상영패를 두 손으로 공손히 들어 머리 위로 치켜들었다.

"태상감찰어사부령 영미님 만세."

"우주 최강 무신 영미님 만세."

다시 많은 사람들 목소리가 울려 퍼졌다.

영미는 천천히 방문을 열고 밖으로 나왔다. 많은 사람들이 광장에 모여 환호성을 지르고 있었다.

영미는 많은 사람들에게 손을 흔들어 답례했다.

"저는 이제부터 무상영패를 들고 가장 먼저 가장 좋은 우주선을 달라고 할 겁니다. 왜냐고요? 선조님들이 사시던 지구로 약속을 이행하러 가신 소연 황후님을 반드시 찾아 모시고 올 생각입니다. 또한 감찰어사로서 첫 소임도 지구에 있으니 잠시 지구로 떠났다 돌아올 것입니다."

모든 사람들한테 그렇게 말을 한 영미는 곧바로 천국성의 주춧돌 같은 8개 거대 문파를 하나씩 방문했다.

무상영패의 특권은 뭐든 원하는 것을 요구할 수 있으며 무엇이든 무상영패를 보이고 요구를 하면 목숨이라도 내놓아야 하는 것이다.

무상영패의 특권을 이용해 영미가 각 문파에 요구한 것은 각 문파가 비밀리에 연구하고 작성한 만든 최고의 무술, 무기 등이었다. 영미에게는 천국성의 주춧돌 8개 문파에게서 받은 무기를 합쳐 36개의 신비의 무기가 온몸에 숨겨져 있었다.

또한 그들의 무학, 무술 등도 단시간에 영미 자신의 것으로 만들어 버렸다.

"허허…… 저 태상감찰어사부령께선 못 말리는 무신입니다. 아마도 8대 문파의 최고의 고수들을 다 모아 덤벼도 이길 수는 없을 겁니다."

"이미 5년 전에 노신은 3명의 어사들과 함께 저분을 시험하다가 목숨을 잃을 뻔했지요. 저분 나이 겨우 13살이었는데 말입니다."

"그땐 옥에 계셨던 것으로 아는데요?"

"네! 그곳 노물들이 워낙 자랑을 해서 몰래 들어가 시험을 했죠."

두 노인들이 영미의 행동을 보고 나누는 말이었다.

"자암옥에 말입니까? 어떻게 몰래 들어갈 수가 있지요?"

"방위군의 허락은 받고 들어갔답니다. 하하……."

요녀라 부르는 탐정 W

"이제 100년 전에 지구로 가서 돌아오시지 못한 황후님 소식을 가지고 오실 거라 믿습니다."

"암요! 우리 어사부령님은 우주 최강 아닙니까. 누가 저분을 이길 수 있겠어요. 아마 우리가 알고 있는 그 이상일 겁니다. 더군다나 무체 그 보물을 다 찾아 착용하시면 신이라도 어쩌지 못할 겁니다. 허허……."

"3개의 보물 중 이미 하나는 착용하고 계시고, 나머지 두 개는 소연님과 비밀 조직들이 지구로 가져갔을 것으로 생각합니다."

"소연님은 흡수하는 무체를. 비밀 조직들은 입는 무체를 가지고 갔다고 보면 됩니다. 허나 찾기가 그리 쉽지는 않을 겁니다."

"그렇겠죠. 하지만 우리 태상감찰어사부령께선 우리도 모르는 두세 개의 보물을 더 착용하고 계신 것으로 압니다. 모두 옥에서 그 노물들이 만들어 드린 겁니다."

"하지만 무체에 비하면 보잘것없겠죠?"

"저도 모릅니다. 허허……."

"허허……. 무사히 돌아오셔야 할 텐데."

두 노인의 대화는 그렇게 끝났다.

지구보다 500년은 앞선 문명을 자랑하는 12 태양계를 지나 지구에서 빛의 속도로 1개월은 날아야 갈 수 있는 머나먼 미지의 별 천국성.

치기 어린 소녀 영미.

우주최강이라고들 하는 영미.

태상감찰어사부령의 직책을 가진 영미.

그 소녀가 지구로 오고 있다.

"으으…… 영미가 혼자 지구라는 별로 간다고? 안 되지. 나를 떼어놓고 혼자 어딜 간다고. 내 사랑 영미. 나도 영미 따라갈 거 야. 나도 갈 거야."

누군가 영미를 따라 지구로 오고 있었다.

2033년 지구 이야기

갑자기 지구상 여러 나라에서 공통적으로 남들보다 뭔가 특별 한 소녀들이 실종되는 사건이 연이어 터졌다. 수상의 외동딸, 대 통령의 딸, 재벌가의 딸, 왕가의 공주. 그리고 특별한 재능이 있 는 소녀들까지.

세계 각국의 딸을 잃어버린 특별한 사람들은 어느 한곳을 찾아갔다.

JD 탐정 사무실.

언제나 어려운 일을 척척 해결해주는 유명한 해결사 집단이다.

JD 탐정 사무실에서 가장 유명한 탐정이 세계 모든 사람이 아는 그림자도 없다는 신비의 탐정a 그리고 무수한 사건 의뢰를 깔끔히 해결한 경력의 탐정x 등이 있다.

그러나 모든 사람들의 기대를 외면하듯 JD 탐정 측에선 이제 18살 소년에게 이번 일을 전적으로 맡겼다. 그 소년을 w라 불렀다.

세계 각국에서 1조 달러가 넘는 거액을 들여 맡긴 사건이기에 모두들 황당해하며 거칠게 항의를 했지만. JD 측에선 사건을 해결 못하면 10배를 지불하겠다고 호언장담했다. 작게는 몇백억 원부터 많게는 몇천억씩 의뢰비를 지급한 각국의 의뢰인들은 10배를 되돌려 받을 수 있다는 부푼 마음으로 지켜보고 있었다.

w는 한국으로 향했고. 난폭한 살인마 요녀도 한국으로 향했다는 소문이 나돌았다. 특히 w를 노리는 세계 각국의 경쟁조직들이 대거 한국으로 숨어들었다.

그 무렵 대한민국엔 신흥 재벌이 두 군데 갑자기 생겨났다.

전혀 예상도 못 한 앞서가는 기술로 전자제품을 만드는 벽도

전자와 담보 물건만 있으면 최저금리로 내출을 해주는 경은금융이다. 벽도전자는 TV와 컴퓨터. 냉장고. 세탁기. 핸드폰이 세계 모든 전자제품보다 월등히 앞선 기술을 자랑했다. 사람들이 상상도 못 한 제품을 출시하며 연일 세계인들을 놀라게 했다.

관악산 자락에 자리 잡은 신흥 예술 고등학교.
예원예고.
언제부터인가 남녀공학으로 변했다.
감소하는 학생 수 때문이었다.
사립이라 비싼 수업료도 원인 중 하나였다.

노란 개나리꽃이 담장 가득 금가루를 뿌려 놓고 있는 화창한 봄날.
1학년 2반 교실.
학생들이 왁자지껄 소란을 떨고 있을 때 담임선생이 들어왔다.
학생들이 갑자기 조용해졌다.
공포의 확성기라 부르는 1학년 2반 담임선생은 얼굴에 털이 가득한 털보에 몸집도 뚱뚱한 남자 선생님이었다.
목소리가 얼마나 큰지 학생들이 공포의 확성기라 별명을 붙였다.
예원예고에서 학생들이 두려워하는 선생 순위 3위에 랭크된

황갑수 선생.

얼른 입을 다물던 학생들이 다시 술렁이기 시작한다.

황갑수 선생 뒤를 예쁜 여학생이 따라 들어왔기 때문이다.

키가 작아서 어깨에 멘 가방이 엉덩이 아래까지 걸쳐있다.

"햐! 너무 예쁘다."

"저 눈 좀 봐! 너무 크고 마치 인형 같다."

"캬! 내가 찜했다."

저마다 한마디씩 떠들며 술렁이고 있는 학생들 앞에 여학생은
인사를 했다.

"반가워! 나! 안 수민이라 해. 터키에서 살다가 한국으로 이사
왔어. 앞으로 친하게 지내자."

여학생이 인사를 하자 너도나도 자기 이름을 대며 인사하느라
교실이 시끄럽다.

"조……용……!"

엄청난 고함 소리가 학생들 귀를 멍하게 만들었다.

역시 공포의 확성기다웠다.

학생들이 다시 조용해졌다.

"어디 빈자리가……! 음……! 옳지! 저기 정길이 옆에 앉아라."

"야호……!

담임선생이 빈자리를 가리키자 마치 로또라도 당첨된 듯 정길

이 환호성을 질렀다.

수민이가 학생들 사이를 걸어서 정길이 옆에 가서 앉았다.

학생들 시선이 온통 수민이에게 쏠리자 공포의 확성기 다시
고함을 지른다.

"수……업……하……자!"

터키에서 한국으로 오는 비행기.

똘똘해 보이는 소년이 창가에 자리를 잡고 앉아 있었다.

소년 옆에는 검은 선글라스를 쓴 여인이 앉아있었다.

"한국은 어떤 나라야?"

소년이 옆에 앉은 여인에게 물었다.

"아름다운 나라지. 봄, 여름, 가을, 겨울. 사계절이 뚜렷하고 경
치도 좋고. 무엇보다도 사람들이 참 예의 바르고 착한 마음씨를
가졌단다."

선글라스를 쓴 여인이 말했다.

"할머니는 한국 사람도 아니면서 어떻게 잘 알아?"

"나도 전에 네 엄마랑 같이 잠시 살았단다."

"이번에도 할머니는 우리랑 같이 살려고?

"네 엄마가 할머니보고 너희들 밥을 해주라 하니 어쩌나?"

"누나도 밥은 잘하는데……."

"너 이 녀석! 할머니가 같이 있으면 불편해서 그렇구나?"

"아냐! 할머니는 엄마 곁에서 엄마 도와야 하잖아. 할머니가 같이 사는 것이 좋지만. 엄마가 심심할까 봐."

"심심하긴. 아빠도 있고 삼촌과 이모들이 수두룩한데. 뭐가 걱정이냐?"

"엄마는 할머니를 제일 좋아 하잖아. 조금만 안 보이면 엄마, 엄마 어디 있지 하며 찾던데 뭘…… 엄마는 할머니 없으면 다른 일도 안 하고 할머니만 찾아."

"그러더냐? 엄마가 외로워서 그럴 거야. 나중에 너희들이 엄마한테 잘해드려라."

"알았어! 누나는 지금쯤 뭐할까?"

"아마 학교에 갔겠지."

"내가 가면 누나가 깜짝 놀랄 거야. 그치?"

"그럼! 그럼!"

"이모는 다시 터키로 돌아가야 한다고 했지?"

"그래! 그러니까 내가 너희들과 같이 살기로 했지."

"언제 도착하나…… 빨리 가고 싶다."

소년이 창가를 내다보며 기대가 가득한 표정이다.

서울.

키가 크고 다리가 긴 남자가 청계천 거리를 천천히 걷고 있었다.

짧은 머리에 청색 모자를 쓰고 있었다.

모자 앞에는 하얀 k 자가 선명하게 보였다.

눈썹이 굵고 검은 것이 마치 먹으로 그려 놓은 듯했다.

"젠장! 백수가 되니까 갈 곳도 없군."

남자는 길가에 굴러다니는 빈 깡통을 발견하고 발로 걷어찼다.

소리를 내며 굴러간 빈 깡통은 바닥에 떨어진 신문 옆에 멈추었다.

남자는 마침 잘됐다는 듯 신문을 들고 먼지를 탁탁 털었다.

"……!?"

신문을 뒤적거리던 남자는. 흥미로운 기사를 하나 발견 했다는 듯 얼른 길가에 쪼그리고 앉아 읽기 시작했다.

"흠! 돌아온 요녀라……!"

신문엔 돌아온 요녀. 15년 전에 사살된 요녀보다 더 치밀하고 무섭다는 내용이었다. 흉기도 없다. 남자인지 여자인지 밝혀진 것도 없다.

"세상이 어떻게 되려고 살수들이 활개 치고 다닐까. 요녀라……! 이런 것들은 다 잡아서 그냥 화장터로 보내야 하는데……."

남자는 신경질적으로 신문을 획 팽개쳤다.

"제길. 공포의 강속구를 자랑하던 내가 이게 무슨 꼴이람. 백수
생활도 이젠 지겹다. 아! 강풍이 다시 설 마운드는 이젠 없는가."

강풍.

프로야구 k 구단의 투수로서 가장 잘나가던 야구선수였다.

허나 그 성질 못 이겨 m 구단 타자 성진수와 관중들 앞에서
싸운 것이 화근이었다.

팬들의 항의와 관중들의 외면이 가뜩이나 관중 수가 줄어들
어 고심하던 프로야구 협회에서 새로운 돌파구로서 두 선수를
희생시키기로 결심하는 계기가 됐다.

성진수와 강풍. 두 선수 다 영구 제명됐다.

성진수로서는 강풍보다 더 억울했다.

빈볼에 항의 한번 하다가 일방적으로 맞은 꼴인데 영구 제명
이라니. 분통이 터질 판이었다.

강풍은 강풍 나름대로 억울하다는 생각이었다.

성진수 입 모양을 보고 욕을 했다는 것이 강풍의 주장이다.

"으아……! 엿 같은 세상!"

강풍이 길가에 돌이든 깡통이든 보이는 것은 다 걷어차고 있
었다.

"저……! 혹시 k 구단 투수였던 강풍 아닙니까?"

50대로 보이는 남자가 강풍 앞을 막아서며 물었다.

"그렇습니다만?"

강풍이 거드름을 피우며 되물었다.

50대 남자는 잠시 불쾌한 표정을 지었으나 곧 평상의 표정으로 돌아왔다.

"잠깐 이야기 좀 할까요?"

50대 남자가 말했다.

"이야기라……! 하시죠. 어디서 할까요?"

"따라오십시오. 어디 가서 차라도 한 잔 마시며 합시다."

50대 남자가 앞장서서 걸었다.

강풍이 비실비실 갈치 자 걸음으로 뒤를 따라갔다.

어느 공간.

"영후! 알 수 없는 인간이 하나 있소."

"보군! 무슨 말씀이시오?"

"병제께서 알려주셔서 알게 되었는데. 모든 방법을 써봤지만 그 인간의 영혼을 가져올 수가 없소. 신기한 일이요."

"보군! 그게 무슨 말씀이시오? 인간들의 영혼은 우리들이 흡수하기 위해 기르는 것이 아니요? 그런데 가져올 수가 없는 인간이라니요? 혹시 그 별에서 도망친 반란군이 아니요?"

"아니요. 이제 18살 된 어린 소녀라오."

"뭐라고요? 어린 소녀?"

"더욱 신기한 것은 그 소녀의 능력이라오."

"능력이라니요?"

"지능도 우리들과 비슷한 것 같고."

"뭐라고요? 지능이 우리와 비슷하다고요? 인간이래야 겨우 3 자릿수 초에 머무는데 우리들과 비슷하다면? 지능지수가 300이 란 말입니까?"

"보기엔 그런 것 같습니다."

"그럴 수가? 그런 인간이 존재한단 말입니까?"

"정확하게는 모르겠습니다. 힘과 청력, 청각, 후각은 물론 엄청 난 빠른 반사 능력까지. 어찌 보면 우리보다 더 뛰어난 능력을 가졌다고 볼 수도 있답니다. 그래서 민군을 그 옆에 붙여서 관찰 하려고 보냈습니다."

"민군이라면? 병제님의 둘째?"

"네! 그렇습니다. 어떻게 인간 유전자에서 그런 뛰어난 인간이 태어날 수 있었는지 그 비밀을 캐보라고 했습니다."

"그 별에서 도망친 반란군 수괴는 아직 못 찾았지요?"

"네! 전혀 흔적이 없습니다."

"반란군 수괴 역시 지능이 우리 아기들 수준은 되지 않았습니까? 보통 인간은 130정도 되면 보통인데 수괴 역시 250이 넘지 않았습니까?"

"정확하게 260이었죠. 현재 이상한 인간 소녀 옆에 붙여 놓은 민군이 270이니 비슷하다고 봐야겠죠."

"그렇다면 민군이 그 이상한 인간 소녀를 감당할 수 있겠어요? 그 소녀는 지능지수가 300이 넘는다면서요?"

"네! 병제님께서 하신 말씀이 그 소녀 지능 지수는 인간의 두 배라고 했으니 아마도 310은 될 거라고 하시더군요."

"우아……! 저도 이제 겨우 300정도인데 놀랍네요. 겨우 18살이 310이라면 우리들이 그 소녀의 상대가 되겠어요?"

"제후께선 한 가지 안심되는 것이 그 소녀 성격이라고 하시더군요."

"네? 성격이요?"

"전혀 분노를 모르는 성격이라고 하시더군요."

"그럼? 바보 아니에요? 너무 착한 건가?"

"하하하……."

"이름이?"

"미미라고 부르더군요."

수민이.

1교시가 끝나고 학생들이 우르르 수민이에게 몰려들었다.

"반가워! 난 순영이야. 박순영."

키가 큰 남학생이 수민이에게 손을 내밀었다.

수민이가 미소를 보이며 순영이와 악수를 했다.

"난 혜정이."

"난 수지."

학생들이 수민이에게 악수를 청했다.

"넌 한국 사람이지? 터키에 이민 갔었니?"

순영이가 물었다.

"응! 부모님이 터키에 살아. 나만 이모 따라서 한국에 온 것이고."

"너, 한국말 정말 잘한다. 부모님께 한국말 배운 거야?"

이번엔 혜정이가 물었다.

"응! 부모님 하고 할머니한테."

"나가자! 우리가 학교 구경시켜줄게."

수지가 말했다.

수민이가 학생들을 따라 교실을 나왔다.

"네가 다니던 터키 학교는 어땠니? 크고 좋지?"

순영이가 물었다.

"응! 크고 넓었는데…… 학생 수는 얼마 안 됐어."

"몇 명이었는데?"

이번엔 몸이 제법 크고 당차게 생긴 남학생 대철이가 물었다.

"전부 120여 명."

"에게! 겨우 그거야? 우리 학교는 전부 650여 명이지 아마."

혜정이가 말했다.

"전에는 1,000명이 넘었다는데 사립이라 수업료가 비싸고……
국립예고가 생겨서 그쪽으로 많이 빠졌어."

수지가 말했다.

"야! 거기, 꼬맹이. 이리 와!"

남학생 셋이 운동장 저쪽 나무 그늘에서 수민이를 불렀다.

"……!?"

수민이가 의아한 표정으로 그쪽으로 가려고 하자 옆에 있는
학생들이 불안한 표정을 지었다.

"가지 마! 저 오빠들 무서운 오빠들이야."

혜정이가 수민이에게 작은 소리로 말했다.

"오라고 하니까 한번 가 보자."

수민이가 한쪽 눈을 살짝 감았다 뜨며 혜정이에게 말했다.

학생들이 주춤주춤 수민이 뒤에서 따라왔다.

수민이는 천천히 걸어서 그 남학생들 앞에 도착했다.

"야! 꼬맹이! 네 이름이 수민이라고?"

"응!"

남학생 하나가 묻자 수민이가 얼른 대답했다.

"응? 햐! 요것 봐라! 오빠들 물음에 응! 이란다."

"남학생 하나가 수민이 앞에 쪼그리고 앉아 손으로 수민이 턱을 잡았다.

"오빠들한테 반말하면 혼난다. 뽀뽀 한 번 해주면 봐주지."

남학생이 징그럽게 웃으며 말했다.

"양치나 하고 다녀. 냄새가 나잖아!"

수민이가 손가락으로 코를 막는 시늉을 하며 말했다.

"엉? 요거 꼬맹이라고 봐주려 했더니……."

남학생이 수민이를 때리려고 손을 번쩍 쳐들었다.

순간 수민이 눈이 파랗게 빛을 띠었다가 순식간에 사라졌다.

"야! 야! 놔둬! 외국에서 왔다 하잖아!"

다른 남학생 하나가 손을 쳐든 남학생을 말렸다.

수민이 앞에 쪼그리고 앉았던 남학생은 쳐들었던 손을 내리고 수민이 볼을 톡톡 치더니 일어섰다.

"귀여워서 한 번 봐줬다."

남학생이 한마디 하자 다른 남학생들이 히죽히죽 웃었다.

"손도 더러워! 담배 냄새도 나고."

수민이가 손바닥으로 볼을 닦아내며 말했다.

아리 아리랑. 쓰리 쓰리랑. 아라리가 났네.

교내 방송에서 아리랑 노래가 흘러나왔다.

"가자! 1교시 시작이야."

혜정이가 수민이 손을 잡고 뛰기 시작했다.

"너! 꼬맹이 방금 뭐라 했어?"

뒤에서 불량 남학생의 고함 소리가 들렸다.

"그냥 가!"

민주가 멈추려는 수민이 등을 밀며 말했다.

"그래! 얼른 가자! 이번 시간은 고릴라 담당이야."

순영이 말했다.

"고릴라?"

수민이가 같이 뛰어가며 물었다.

"응! 우리 학교 랭킹 1위야."

지수가 대답했다.

"랭킹 1위는 또 뭐야?"

"비호감 1위"

"아! 좋지 않다는 뜻이구나!"

"무섭기도 1위지."

이번엔 대철이 말했다.

수민이와 동료 학생들은 교실에 도착했다.

벌써 학생들 대부분 자리에 앉아 잔뜩 긴장을 한 모습으로 조용히 있었다.

드르륵.

교실 문이 열리고 까무잡잡한 얼굴의 덩치가 큰 남자 선생이 들어왔다.

고릴라란 별명의 이름은 김훈. 수학 선생이다.

"조금 전 너를 괴롭히려던 남학생이 저 고릴라 아들이야."

옆자리 남학생 윤혁이 수민이에게 작은 소리로 말했다.

"아!"

수민이가 알겠다는 표정을 지었다.

"안수민이 누구야?"

고릴라가 굵직한 목소리로 학생들을 보며 물었다

모든 학생들 시선이 수민이에게 쏠렸다.

"너냐?"

고릴라가 수민이를 바라보며 물었다.

"응!"

수민이 대답은 의외로 귀여운 반말이었다.

하하하……

호호호……

학생들이 까르르 웃었다.

"응? 너! 이리 나와!"

고릴라가 입가에 미소를 띠며 수민이를 향해 손가락을 까닥거린다.

수민이가 일어서서 앞으로 나갔다.

"너! 아직 한국말을 잘 모르나 본대. 음! 선생님이 부르면 네! 하고 대답하는 거야. 해봐! 네! 하고."

고릴라가 매우 자상한 말투로 말했다.

학생들은 다 안다. 저것이 고릴라가 가장 화가 났을 때란 사실을.

만약 저 상황에서 수민이가 네! 하고 대답하면 회초리로 1대. 아니면 2대를 때린다.

학생들은 흥미롭게 지켜보고 있었다.

"응!"

수민이 대답은 의외였다.

또다시 응! 하고 대답을 한 것이다.

"네! 하고 대답하라니깐. 다시 해 봐!"

"네! 라고 하면 친해지지 않아요. 응! 하고 대답해야 금방 친해지거든요. 난 선생님과 친해지고 싶어요. 우리 엄마 아빠도 할머니도 응! 하고 대답해야 정이 있다고 했어요. 그냥 선생님과 전

응! 하고 대답하기로 해요. 그래도 네! 하고 대답하라면 그렇게 할게요. 대신 전 선생님과 앞으로 친하게 지내지 못할 거예요. 그래도 좋아요?"

수민이가 손을 내밀어 악수를 청하며 말했다.

학생들이 황당하다는 표정으로 지켜보고 있었다.

고릴라도 황당한 표정으로 수민이와 학생들을 번갈아 바라보고 있었다.

잠시 망설이던 고릴라.

수민이가 내민 손을 잡고 있었다.

"그럼! 수민이는 친하게 지내고 싶은 사람에게만 응! 하고 대답하니?"

"응! 맞아요. 상대도 안 할 사람은 네! 하고 대답해요."

다시 망설이는 고릴라.

"좋다! 너 수민이는 특별히 봐준다. 앞으로 응! 하고 대답해도 좋다. 들어가 앉아라."

고릴라의 말이 떨어지자 학생들은 웅성거렸다.

"응!"

수민이는 얼른 대답하고 자리로 돌아가 앉았다.

학생들은 수민이와 고릴라를 번갈아 바라보며 황당한 표정들이다.

"험! 자자, 수……업……하……자."

고릴라 목소리에 학생들은 조용해졌다.

"수민이는 외국에서 왔고 외국 문화가 우리나라와 같지 않으니 너희들이 이해해라!"

고릴라가 학생들을 바라보며 말했다.

이때부터 수민이 별명은 웅! 이로 통했다.

고릴라는 수학 문제를 칠판에 쓰고 수민이에게 풀어 보라고 했다.

수민이가 쉽게 풀자 다시 문제를 내고 또 풀어 보라고 했다.

또다시 쉽게 풀자 고개를 끄덕거리며 수민이를 들어가 앉으라고 했다.

"수학은 수민이가 잘하는구나."

고릴라의 말이었다.

윤지는 항상 남학생들의 선망의 대상이었다. 공부도 잘하고 얼굴도 학교에서 톱이었다.

얼짱 오윤지.

그녀의 눈에 수민이가 자꾸 거슬렸다.

자신에게만 관심을 갖던 남학생들이 수민이에게 관심을 보이기 때문이다.

요녀라 부르는 탐정 W

"저년을 가만 놔둬선 안 되겠네."

늘 윤지를 따라다니는 여학생 동희에게 윤지가 말했다.

"저년이 마시는 물에 설사약을 타 놔. 화장실 들락거리면 화장실에서 손 좀 봐주게."

"알았어."

동희는 수민이가 밖으로 나간 사이 수민이 책상에 있던 물병을 들고 학생들 눈을 피해 구석으로 가서 물병 뚜껑을 열고 설사약을 탔다.

동희는 그 물병을 다시 수민이 책상에 갖다 놓았다.

2교시가 끝나고 교무실에 간 고릴라는 수민이 이야기를 선생님들에게 했다.

"응! 이렇게 대답하는 것은 친하게 지내고 싶은 사람이래. 상대도 하기 싫은 사람은 네! 하고 대답하고 상대도 안 한다고 하니 어쩌겠어. 응! 하고 대답해도 좋다고 했지. 친밀감 있고 괜찮네요. 음."

터키에서 전학 온 1학년 전학생 수민이는 금방 선생들에게 화젯거리로 떠올랐다.

복도에서 담임선생 김훈을 만났다.

"수민이 한국에서 첫 수업이 재미있었니?"

김훈 선생의 물음에 수민이가 미소를 지으며 아무 대답도 안

했다.

"수민아! 왜 대답을 안 해? 네! 야? 응! 이야?"

"아직 결정을 못 해서요."

수민이가 고민을 하는 눈치다.

"그냥 응! 해라. 응?"

김훈 선생과 수민이 대화가 학생들에게 호기심을 자극했다.

지나가던 발길을 멈추고 수민이와 김훈 선생을 바라보고 서 있었다.

"응! 알았어요."

수민이가 활짝 웃으며 대답했다.

"오! 그래! 고맙다."

김훈 선생이 기분이 좋은 표정으로 걸어갔다.

"무슨 말이야?"

다른 반 학생들이 수민이에게 물었다.

"그냥…… 친해지고 싶다고 하셔서."

수민이가 알쏭달쏭한 말을 남기고 갔다.

주인공 이야기

강풍.

50대 남자를 따라 전통 찻집에 들어갔다.

"앉으시오."

50대 남자가 의자를 가리키며 말했다.

"네! 앉으시죠."

강풍이 50대 남자부터 앉으라는 손짓을 했다.

50대 남자가 먼저 자리에 앉았다.

강풍은 그 앞 의자에 앉았다.

"차는 무엇으로?"

50대 남자가 물었다.

"전 녹차를 좋아합니다."

"녹차 두 잔이요."

50대 남자가 녹차를 두 잔 주문했다.

"무슨……! 하실 말씀이?"

강풍이 물었다.

"잠시만 기다리세요. 곧 오실 겁니다."

50대 남자는 누군가를 기다리고 있는 눈치다. 잠시 시간이 흐르고 50대 남자 눈이 반짝, 이채를 발했다. 강풍이 고개를 돌려

보니 찻집 문으로 들어서는 두 소녀가 보였다

"세상에 저렇게 눈이 큰 소녀가 있다니."

강풍은 자기도 모르게 놀라 중얼거렸다.

"이모! 저런 애송이 정도는 나 혼자서도 충분한데."

소녀 하나가 강풍을 보고 옆에 있는 소녀에게 말했다.

"그래. 난 구경만 할게."

다른 소녀가 입가에 미소를 지으며 말했다. 두 소녀 말을 듣고 강풍은 화가 머리끝까지 치밀어 올랐다.

"저것들이 지금 나한테 하는 소리죠?"

50대 남자에게 강풍이 따지듯 물었다. 50대 남자는 강풍의 말에는 대꾸를 안 하고 벌떡 일어서서 공손히 두 소녀에게 인사를 하고 있었다.

"이……!"

강풍이 뭐라고 말을 하며 일어서려는데 소녀의 손이 강풍 어깨를 눌렀다.

"헉!"

강풍은 소스라치게 놀랐다. 소녀의 손이 자신의 어깨를 누르는데 도저히 일어날 수가 없었다.

"앉아. 가만히 있어."

소녀 하나가 조용한 음성으로 말하며 옆에 앉았다. 다른 소녀는 50대 남자 옆에 앉았다. 50대 남자 옆에 앉은 소녀는 이제 겨우 나이가 15~16세 정도 되는데 눈이 얼마나 큰지 얼굴의 4분지 1은 돼 보였다. 옆에 앉은 소녀는 나이 17~18세 돼 보이는데 역시 눈이 엄청나게 컸다.

"무슨 짓이냐?"

강풍이 옆에 소녀에게 화가 난 목소리로 물었다.

"너에게 부탁을 하려고 한다."

옆에 소녀가 조용한 음성으로 말했다.

"부탁? 어린년이 어디서 반말을 하며?"

강풍이 화가 난 표정으로 입에 욕을 담고 말했다.

"그놈 입도 더럽네. 그냥은 안 된다니깐. 잘 들어. 네 엄마 요녀와 같이 너도 살인에 가담하고. 못된 짓을 밥 먹듯 하는 놈이잖아. 너와 네 엄마를 살려주는 대가로 네가 일 좀 해야겠어. 죄를 뉘우치는 마음으로 잘하면 너와 네 엄마 목숨도 지켜주지."

앞에 앉은 소녀가 눈을 무섭게 뜨며 말했다.

"이모! 이런 애송이는 나 혼자서도 충분하다니깐."

옆에 앉은 소녀가 앞에 앉은 소녀에게 입가에 미소를 띠며 말했다.

"경은아! 저런 더러운 주둥이는 닥치게 하고 말해야지. 킥킥……."

앞에 앉은 소녀가 키득키득 웃으며 말했다.

강풍은 어이없어서 막 욕을 하려는데 강풍의 귓속으로 앞에 앉은 소녀 목소리가 들려왔다.

"또 주둥이를 함부로 놀리면 요녀부터 죽여 버릴 것이다. 지금 부터 말은 하지 말고 가만히 듣고 고개만 끄떡거린다. 알아들었으면 고개를 끄덕인다."

강풍은 무척 놀라고 있었다. 분명 앞에 소녀는 입을 움직이지도 않았는데 강풍의 귓속으로 그 소녀의 음성이 또렷이 들린 것이다. 자신이 누군가. 요녀 엄마를 둔 덕에 어려서부터 무술로 단련된 몸이다. 태권도 고단자들 10여 명도 거뜬히 상대하는 자신의 실력인데 어린 소녀들 둘이 자신을 너무 우습게 보는 태도다. 강풍은 다시 일어서려는데 옆 소녀가 손으로 강풍의 어깨를 눌렀다. 앉은 자세에서 자신의 어깨를 누르는데 도저히 일어날 수가 없었다. 강풍은 두 소녀가 보통 소녀가 아니란 것을 알고 이야기를 더 들어보기로 했다. 강풍은 앞에 앉은 소녀를 보며 고개를 끄덕였다.

"요녀를 이용하려는 자들이 아마도 야구 감독 자리를 주겠다고 했을 것이야."

앞에 소녀가 말했다. 강풍은 고개를 끄덕였다.

"해. 야구 감독 좋잖아. 형식적으로만 해. 그리고 요즘 잘 나가는 경은금융이라고 들어 봤지?"

앞에 소녀가 말했다. 강풍은 다시 고개를 끄덕였다.

그때부터 앞의 소녀 목소리가 다시 강풍의 귓속으로 파고들었다. 역시 앞의 소녀는 입도 벙긋 안 하는데.

"잘 들어. 지금부터 경은금융에 사장은 너 강풍이 되는 것이야. 물론 명의만 빌리는 것은 아니고. 사장 노릇 제대로 다 하도록. 옆에 있는 경은이가 회장이니깐 지시에 충실히 따르고. 경은이는 이 세상에 노출시키지 않는 것이 너의 임무야. 잘 할 수 있지?"

강풍은 다시 고개를 끄덕였다. 부탁이란 것이 재벌 그룹의 사장이라니. 강풍으로서는 거절할 이유가 없었다.

"너의 엄마. 요녀는 너를 그리워하는 동생이 처리하라는 지시를 받고 이미 한국에 왔어. 그러나 죽이지는 않을 것이야. 내가 그렇게 유도할게. 그러니 넌 사장 임무에 충실하도록."

앞에 소녀 음성이 끝났다. 강풍은 다시 고개를 끄덕였다. 사장 자리도 나쁘지 않았지만 두 소녀가 자신의 상대가 아니라는 것을 강풍은 느꼈다. 아니 자신의 엄마 요녀도 두 소녀의 상대가 안 된다는 것을 강풍은 느낄 수 있었다. 어디서 갑자기 이런 소녀들이 나타났을까. 강풍으로서는 오로지 엄마와 관련 있는 살수 집단의 두 소녀로 생각을 했다.

"여기 계약서 잘 읽어보고 사인해."

옆에 소녀가 서류를 꺼내 강풍 앞에 놓았다. 강풍은 계약서를 꼼꼼히 읽어보았다. 이상한 내용은 없었다. 헌데 강풍의 두 눈이 믿을 수 없다는 듯 커지며 옆에 소녀를 바라보았다.

"사장인데 월급이 그 정도는 돼야지."

옆의 소녀가 빙긋 웃으며 말했다.

"월급이 많으면 그만큼 일도 잘해야 한다는 것을 의미하지."

앞에 소녀도 한마디 했다. 강풍은 고개를 끄덕이며 계약서에 사인을 했다.

"나에 대해서도 차차 알게 될 것이고. 경은금융 역시 차후엔 네가 주인이 될 것이니 최선을 다해서 운영하도록. 이득보다는 어려운 이웃을 돕는 심정으로 사업을 하라고. 주변 정리할 시간을 1주일 줄게. 오늘은 일단 회사 구경이나 하고. 명심해. 비리나, 욕심 같은 것은 모든 것을 잃게 된다는 것을. 알았으면 고개를 끄덕."

앞의 소녀 음성이 귓속으로 파고들고 강풍은 자기도 모르게 고개를 끄덕이고 있었다.

"난 당분간 회장이고 앞에 이모는 주인이라는 것을 명심해. 모든 것의 주인. 너에게도. 나에게도. 모두에게도."

옆의 소녀가 작은 소리로 강풍에게 속삭이듯 말했다. 강풍은 다시 고개를 끄덕였다.

"경은아, 그럼 이모는 이도에게 간다."

앞의 소녀가 말을 마치는데. 강풍으로서는 혼비백산했다. 앞의 소녀가 흐릿해지며 마치 연기가 흩어지듯 사라지고 있었다.

"쳇. 또 나만 봐두고. 상무님. 이분 모시고 회사로 가세요."

옆의 소녀도 말을 마치는데. 강풍은 또 놀라고 말았다. 옆의 소녀는 갑자기 사라지고 없었다. 마치 지금까지 헛것을 본 것처럼.

"하하…… 두 분은 언제나 이렇게 가십니다. 자, 우리도 갑시다."

50대 남자가 놀라는 강풍을 보며 입가에 미소를 지었다.

"네! 아 네! 가시죠."

강풍은 50대 남자를 따라 일어섰다.

수민이.

수업이 끝나고 집으로 돌아가는 길에 또 그 불량 남학생들을 만났다.

정길이와 순영이 그리고 집 방향이 같은 미영이가 같이 걷고 있을 때였다.

"야! 터키 전학생. 너 이리 와."

바로 고릴라 아들이라는 그 남학생이다.

"응!"

수민이가 냉큼 대답하고 그 남학생에게 걸어갔다.

"야……!"

정길이가 수민이를 말리려 하다가 불량 남학생들 눈치를 보고 입을 다물었다.

"너! 지금 응! 이라고 대답했지? 그럼 나랑 친하게 지내고 싶다 이거지?"

"응! 우린 같은 학생이잖아! 친구끼리는 친하게 지내야지. 싸우면 되겠니?"

수민이가 남학생에게 당당하게 말했다.

"친구? 야! 내가 너보다 2학년이 많아. 오빠야. 친구가 아니고. 오빠라 불러. 친구는 무슨."

"쳇! 겨우 2살 많은 걸 무슨 오빠야. 친구지. 나이가 5살이라면 모를까. 그냥 친구 하자. 나 수민이야. 네 이름은 뭐니?"

수민이가 악수를 청했다.

"햐! 요 꼬맹이가 아직 무서움을 모르는구나? 너 맞아야 정신 차리지?"

남학생 3명 중 2명이 수민이를 때리려고 손을 번쩍 들었다.

"쳇! 꼴에 남자라고 툭하면 주먹질이나 하려고…… 친구 하기

싫으면 관둬라. 얘들아 가자!"

수민이가 한마디 톡 쏴붙이고 같은 반 친구들과 다시 오던 길을 되돌아가려고 했다.

"이년이!"

남학생 둘이 동시에 수민이 등을 향해 주먹과 발길질을 했다.

"……!?"

두 남학생은 어이가 없었다.

수민이는 벌써 저 앞에 걸어가고 있었다. 둘 다 헛손질과 헛발질을 한 것이다.

"야! 거기 안 서?"

다시 두 남학생이 수민이를 때리려고 동작을 취하려는 순간.

"야! 야! 그만둬! 친하게 지내자고 하잖니. 흐흐…… 친하게 지내야지 때리면 쓰나."

고릴라 아들이란 남학생이 두 남학생 행동을 만류했다

"꼬맹이! 난 용현이다."

고릴라 아들 녀석이 수민이 등 뒤에 대고 소리쳤다.

"야! 수민아! 너 자꾸 그러면 얘들이 바보라고 놀려. 선생님하고도 웅! 그러면서 이상한 말을 하고 쟤네들 불량 학생들과도 친하게 지내자는 둥. 그럼 잘못하면 왕따 당한다."

순영이가 수민이를 위해서 한 말이다.

"그래! 그건 순영이 말이 맞아. 터키에선 어땠는지 모르지만 여긴 아냐."

정길이가 말했다.

"알아! 그 정도는 미리 다 배우고 한국에 왔어."

"그런데 왜?"

수민이 말에 미영이가 물었다.

"밉다고, 불량하다고, 비호감이라고 상대 안 해주면. 그들은 영원히 미운 아이가 되고, 불량학생이 되고, 비호감 선생이 될 것 아냐. 누가 선생님께 응! 이라고 하겠어. 버릇없이. 그냥 비호감이라고 하니깐 구제 차원에서 시도를 한 것인데. 이상하게 돼버렸어. 모든 선생님들이 은근히 내가 응! 하고 대답해주길 바라거든."

"하하하……."

수민이 말에 정길이가 배꼽을 잡고 웃었다.

"너! 알고 보니 당차구나? 네가 그런 깊은 뜻이 있는 줄 몰랐어."

미영이가 엄지손가락을 세워 보이며 말했다.

"맞아! 수민이 이제 보니 꽤 괜찮은 친구다. 앞으로 누가 뭐라 해도 난 수민이 네 편이 될게."

정길이가 말했다.

"나도 항상 네 편인 것 알지?"

순영이가 말했다.

"고마워! 너희들 오늘은 우리 집에서 놀다 가라! 이모한테 맛있는 것 만들어 달라고 할게."

수민이가 말했다.

"이모? 너희 엄마 아빠는 터키에서 안 오신 거야?"

"응! 이모랑 둘이서 왔어."

미영이 물음에 수민이가 얼른 대답했다.

"집은 어디야?"

"b 아파트."

"아하! 가깝구나."

"그래! 오늘은 수민이네 집에 놀러 가보자."

정길이 순영이 미영이는 수민이와 함께 수민이 집에 놀러 가고 있었다.

수민이네 학교 화장실.

윤지가 다시 화장실로 뛰어 들어가며 투덜거렸다.

"동희 너 두고 봐. 수민이 물에 설사약을 타라고 했더니 내 물병에 설사약을 탄 거야. 으으……."

"아, 아니야. 분명히 수민이 물병에 설사약을 탔어. 그런데 그걸 네가 왜 마셨지? 이상해."

동희가 안절부절못하며 윤지 뒤를 따라 화장실까지 쫓아와서
말했다.

b 아파트 입구.

수민이가 친구들과 이야기하며 막 아파트 입구로 들어섰다.

"얼씨구! 공부하라고 한국에 보냈더니 하루도 안 돼서 친구들
이나 줄줄이 달고 오네! 내 이럴 줄 알았지."

치기 어린 소년 목소리가 수민이 발길을 멈추게 했다.

"어! 너! 언제 왔어?"

수민이가 반가움 반 놀라움 반의 표정이다.

"방금 왔다, 왜? 반갑지?"

터키에서 오는 비행기 안에서 선글라스를 낀 여인과 같이 있
던 소년이다.

"누구야?"

미영이가 수민이에게 물었다.

"응! 헨리. 내 동생이야. 헨리, 인사해. 내 친구들이야."

수민이가 미영이 물음에 대답과 동시에 동생에게 인사를 시켰다.

"누나 친구들이라…… 그럼 내 친구도 되겠네. 반가워! 나 헨
리 스미스라고 해."

소년이 다가와서 미영이에게 악수를 청했다.

"응! 그래? 난 미영이."

미영이가 무심코 헨리의 손을 잡았다.

소년은 다시 정길이에게 악수를 청했다.

"……!?"

정길이가 어이없다는 표정으로 헨리와 수민이를 번갈아 본다.

수민이 동생이면 어째서 친구가 되느냐 묻는 뜻이다.

"아! 나도 내일 예원예고 1학년에 편입학할 예정이거든. 같은 학년이니 친구지. 안 그래?"

헨리가 수민이와 정길이를 번갈아 보며 물었다.

"요게! 아무리 그래도 나이가 있잖아?"

수민이가 까불지 말라는 투다.

"그럼 같은 학년이 친구가 아니면 뭐야? 쳇! 싫으면 관둬."

헨리가 다시 순영이에게 악수를 청한다.

"그래! 같은 학년이면 당근 친구 맞다. 반갑다 난 순영이다."

순영이 헨리의 손을 잡았다.

"넌?"

헨리가 정길이에게 다시 악수를 청하며 묻는다.

"하하…… 반갑다! 난 정길이다."

어쩔 수 없다는 투로 정길이도 악수를 했다.

"그런데……! 나이도 어린데 어떻게 같은 학년이야?"

미영이가 수민이와 헨리에게 물었다.

"응! 헨리는 천재야. 벌써 박사 학위도 3개나 되거든."

"와! 정말?"

수민이 말에 친구들이 놀란 표정이다.

"응! 과학, 수학, 전자공학. 이렇게 3개야."

수민이가 대답했다.

"와! 대단하다. 그럼 여긴 왜 온 거야? 한국어 박사 되려고?"

정길이가 물었다.

"아냐! 칠칠치 못한 우리 누나 보디가드 하려고 왔지. 한국어
도 좀 배우고."

헨리가 수민이게 어깨동무를 하며 말했다.

헨리가 수민이보다 키가 머리 정도 더 컸다.

"그런데……! 누나 동생이면서 왜? 이름이 틀려?"

"누난 찾는 오빠가 있어서 어릴 때 한국에서 쓰던 이름을 그대
로 써야 서로 알아볼 수 있다며 한국 이름을. 난 월드로…… 흐
흐……."

순영이 물음에 헨리가 대답했다.

"오빠라니? 수민이 오빠가 있었어?"

정길이가 물었다.

"어릴 때 같이 자란 이모의 아들이 있었는데 우린 터키로 이사를 가면서 서로 헤어지게 됐거든. 그 후 심심하면 그 오빠 찾는다고 하더니 결국 한국에 온 것이야. 그 오빠 찾으러."

헨리가 말했다.

"와! 그런 사연이……."

미영이가 말했다.

"아무튼 들어가자! 터키에서 가지고 온 먹을 것이 있으니 오늘은 나눠 먹자."

헨리가 수민이와 친구들을 아파트로 안내했다.

"이모는?"

수민이가 물었다

"이모는 오늘 비행기로 터키로 갔어."

헨리가 대답했다.

"그럼 혹시 할머니가 오셨어?"

"그래! 할머니보고 엄마가 한국에 가서 수민이와 헨리 돌봐주세요, 라고 했다. 흐흐……."

"자! 자! 얼른 들어가자고."

헨리가 앞장서서 엘리베이터를 탔다.

수민이네 집은 아파트 3층이었다.

엘리베이터에서 내린 수민이와 친구들은 복도를 걸어 303호에

도착했다 수민이가 열쇠로 문을 열었다.

"할머니!"

수민이가 주방에 있는 여인에게 쪼르르 달려가 품으로 안겼다.

선글라스를 벗은 여인의 모습은 젊었다. 잘해야 40 정도.

"……!?"

수민이 친구들이 의아한 표정으로 수민이와 할머니라는 여인

을 바라보았다.

"우리 할머니야."

수민이가 친구들에게 소개를 했다.

"안녕하세요?"

다들 인사는 하면서도 이상하다는 표정이다. 할머니면 나이가

많아야 하는데 고작 40 정도라니. 믿을 수 없다는 표정이다.

"어서들 와라! 씻고 이리와 앉아라!"

수민이 할머니가 아이들을 반겼다.

"할머니 너무 젊으세요."

미영이가 말했다.

"웅! 그래? 고맙다. 젊다고 하면 좋은 거야."

수민이 할머니가 미소를 띠며 말했다.

자세히 보니 수민이 할머니란 이 여인. 바로 모내 그 여인이다.

여고생 실수 정미가 부모님 없는 빈자리를 대신 채우려고 발

버둥 치며 엄마로 만들어버린 특급 살수 모내. 바로 수민이 할머니로 돌아온 것이다.

"정말 수민이 할머니세요? 너무 젊으셔서 믿기지 않아요."

순영이가 말했다.

"할머니 맞지 그럼? 누나처럼 보이냐?"

헨리가 퉁명스럽게 말했다.

"아! 아니…… 난 그런 뜻이 아니고."

순영이가 헨리의 퉁명스러운 물음에 당황해서 변명을 생각하지 못한 모양이다.

"촌수로만 할머니란다. 친할머니는 아니고."

얼른 모내가 대답했다.

"아! 네! 그래서 젊으셨군요. 정말 젊고, 미인이세요."

순영이가 엄지손가락을 치켜세우며 말했다.

"그 녀석! 기분 맞출 줄도 알고……! 얼른 씻고 오너라! 내가 음식을 좀 만들었다."

모내가 말했다.

"네!"

순영이도 정길이도 얼른 욕실로 들어갔다.

미영이는 여자 욕실로 들어갔다. 수민이만 혼자 우두커니 서 있다가 미영이가 나온 후 여자 화장실로 들어갔다.

강풍.

그는 영미 일행과 헤어져 경은금융에 갔다가 슈퍼에 들러 소주와 안주를 사서 들고 집으로 향했다.

"오늘은 기분도 좋은데 소주나 한잔하고 푹 자야겠다."

강풍은 혼자 콧노래를 부르며 길을 걷고 있었다.

"자기야! 이제 와?"

콧소리를 내며 여자가 다가왔다.

"어! 재경이 왔어?"

강풍이 재경이라는 여자를 한 팔로 안고 다정하게 걷기 시작했다.

s 연립.

관악산 기슭에선 제법 알아주는 고급 연립이었다.

강풍은 재경이라는 여인을 안고 그곳으로 들어갔다.

강풍의 집은 바로 s 연립 2층이다.

201호. 강풍의 집.

방문을 열고 들어가기 바쁘게 둘은 서로 부둥켜안고 키스를 하기 시작했다.

둘은 입만 마주 대고 서로 자기 옷을 벗으며 침대로 향했다.

벗어 놓은 옷들은 현관에서부터 하나씩 바닥에 버려졌다.

"으응. 자기가 많이 외로웠구나?"

재경이 침대에 누워서 콧소리를 내며 말했다.

"헉! 네가 그리워서 미치는 줄 알았다."

강풍이 몸은 서둘러 재경이 몸 위로 포개졌다

둘은 마치 섹스에 굶주린 사람처럼 격렬했다.

재경과 강풍의 긴 섹스가 끝나고.

옷을 주섬주섬 찾아 입은 재경은 서둘러 강풍의 집을 나가버렸다.

강풍의 집을 나온 재경은 골목에서 기다리고 있던 검은색 승용차에 올라탔다.

승용차에는 험상궂게 생긴 남자가 운전석에 앉아있었다.

"회장님께서 빨리 들어오랍니다."

남자가 말했다.

"알았어! 얼른 가자고."

제경이 피곤한 얼굴로 의자에 드러누워 눈을 감고 말했다.

검은색 승용차는 골목을 빠져나와 큰 도로에서 서울 방향으로 달렸다.

30여 분 뒤.

승용차가 도착한 곳은 강남 성내동 큰 빌딩 앞이었다.

y 빌딩.

57층 높이의 거대한 빌딩이다.

재경은 빌딩 입구에서 내려 혼자 빌딩 안으로 들어갔다.

엘리베이터를 타고 57층을 누른 재경은 문이 막 닫히려는 찰나 엘리베이터에 탑승을 한 젊은 남자를 보고 공손히 인사를 했다.

"안녕하세요?"

"누구더라!?"

남자는 잘 기억이 없는 모양이다.

"회장님과 전에 평택에서……."

"아하!"

남자는 기억이 난다는 표정을 보였지만 특별히 아는 척하지는 않았다.

남자 역시 57층으로 올라가는 모양이다.

57층 회장실.

장태진 회장.

사채시장의 가장 큰 손이었다.

돈이 얼마인지 그 금액을 계산조차 못 한다는 지하경제의 대부.

그에겐 3대 독자의 아들이 하나 있었다.

장국영.

올해 23세 w 대학 경제학과 4학년이다.

재경과 함께 57층 엘리베이터를 탄 남자가 바로 그 장 국영이다.

잘생긴 인물도 한몫했지만, 돈이 많은 장태진 회장 외아들이란 간판 때문에 늘 그의 앞엔 여자들이 줄을 섰다.

"회장님! 부름 받고 왔습니다."

재경이 장태진 앞에 공손히 고개 숙여 인사를 했다.

"됐고. 밖에서 기다려 이 녀석과 할 이야기 마치고 부를 테니."

장태진이 귀찮은 파리 쫓듯 손을 휘휘 저으며 재경을 물러가라 했다.

재경이 막 문을 열고 나가려는데 장태진 목소리가 들렸다.

"이놈아! 언제 장가를 갈 것이야? 손이 귀하다고 그렇게 말해도 이놈이 귀머거리가 됐어? 앞으로 3개월 이내에 이 애비 맘에 쏙 드는 처자로 하나 데려와! 알겠어?"

재경은 그 장 태진의 말을 듣고 밖으로 나와 입가에 회심의 미소를 짓고 있었다.

제대로 한 건 올렸다는 듯 주먹을 불끈 쥐고 파이팅! 하는 자세를 취했다.

"아빠 맘에 드는 아가씨가 왜 필요해요? 제가 결혼하는데……. 제 맘에 들어야죠."

국영이 입가에 미소를 띠며 말했다.

"이놈아! 네 맘에도 들고 애비 맘에도 들면 금상첨화 아니냐? 그런 아가씨로 하나 구해봐. 당장."

"알았어요. 알았으니 그만 하세요. 그리고 저 며칠 안 보일 거예요."

"왜?"

"어디 바람이나 좀 쐬고 올게요."

"학교 다니는 녀석이 툭하면 강의나 빼먹고 잘한다. 잘해."

"애들 몇 명 데리고 가. 네가 다치는 것은 괜찮은데 대가 끊기면 곤란하거든."

"알았어요. 그럼 다녀올게요."

국영이 꾸뻑 인사를 하고 뒤도 돌아보지 않고 밖으로 나가 버렸다.

"……!?"

회장실 밖에서 재경과 마주친 국영이 한심하다는 표정으로 재경을 잠시 보다가 갔다.

"뭐야! 내가 한심하다는 표정이네. 흐흐…… 아무리 그래도 넌 내 손아귀를 벗어나지 못하지. 흐흐……."

재경이 혼자 중얼거리며 웃더니 회장실로 들어갔다.

"넌! 그놈 일을 처리했으면 이젠 손을 떼라 했는데……. 정분이라도 난 것이냐?"

장태진이 재경을 향해 몹시 불편한 어조로 말했다.

"아닙니다!"

"아니면? 오늘도 그놈 집에서 한바탕하고 나왔다던데? 내가 k구단에서 그놈을 추방하려고 너에게 임무를 준 것인데. 끝났으면 이젠 깨끗이 손 털어. 성진수와도 어제 같이 잤다며? 뭐 하는 게야?"

"죄송합니다! 다신 안 그러겠습니다. 용서해 주십시오."

재경이 얼른 무릎을 꿇었다.

"다신 나타나지 마라! 또 성진수와 강풍을 만나고 다니면 바로 외국으로 보내 버릴 테니 명심해."

장 태진이 옆 여자 비서를 통해 봉투를 하나 재경에게 전했다.

재경은 얼른 인사를 하고 회장실을 나왔다.

"야구선수도 맘에 안 들면 파면시키는 고상한 취미를 가지신 회장님. 이제부터 아드님이나 낚으려고요. 강풍도 성진수도 이젠 필요 없네요. 호호……."

재경은 재미있다는 표정으로 빌딩을 나왔다.

허나.

재경이 그 빌딩을 나와 믹 택시를 타려는 찰나.

"잠시 이야기 좀……."

재경에게 접근을 한 사람이 있었다.

나이가 40대로 보이는 여인이다.

"네? 무슨 일로?"

재경은 힘없는 여인이 말을 걸자 별로 의심하지 않고 여인을 따라갔다.

옆 빌딩 지하상가로 들어가는 계단.

갑자기 옆구리가 화끈거리는 것을 느낀 재경은 믿을 수 없다는 듯 두 눈을 크게 뜨고 서서히 쓰러졌다.

옆구리에선 피가 샘솟듯 흘러나오며 금방 계단으로 흘러내리기 시작했다.

"내 아들에게 피해를 준 죄다."

여인의 그 한마디를 들으며 재경의 정신은 하얗게 변해갔다.

앵. 앵.

119 구급차와 경찰이 도착을 했을 땐 이미 재경은 싸늘한 시신이 된 후였다.

"이……! 이건! 요녀의 살인 수법이다."

현장에 출동을 한 경찰 간부 하나가 한 말은 몰려든 구경꾼들에게 공포를 안겨줬다.

어느 공간.

"야! 귀신아!"

영후가 너무도 아름다운 여인 형상을 한 신을 보고 반갑게 소리쳤다.

"영후님! 왜 귀신이라고 하십니까?"

보군이 고개를 갸웃하며 물었다.

"우리가 인간과 다른 것은 인간들은 저 태양이 비출 때 활동을 하지만 우리는 저 태양 빛이 싫어서 태양이 없을 때 주로 움직이지요. 저 귀신이 지구상에 돌아다니다가 인간들 눈에 띄어서 인간들이 그렇게 부른답니다. 귀신이라고. 하하하…… 나보고는 인간들이 하느님이라고 부른답니다. 돌아다니다가 늦어서 태양이 뜰 때 하늘로 날아와 버렸는데 인간들이 봤답니다. 하하……"

"하하…… 저는 물귀신이라고 합디다. 물에서 놀다가 인간들 눈에 들켰지 뭡니까."

"호호호…… 영후님과. 보군님이 무슨 재미난 이야기를 하고 계시나 했더니 제 이야기를 하고 계셨군요."

아름다운 여인 형상을 한 신이 웃으며 말했다.

"어서 와요. 유유. 도망친 수괴를 쫓더니 수확은 있었나요?"

장비 모습을 한 용군이 반갑게 맞이하며 물었다.

"호호호…… 지구로 도망쳤다는 것뿐, 아직도 못 찾았어요. 자신의 냄새는 물론 흔적까지 완벽히 지웠네요. 어찌 보면 지능이 더 뛰어날지도 모르겠네요. 완벽한 보통 인간으로 변신해서 지구로 숨어들었어요."

"갑자기 대단한 인간들이 나타나기 시작했어요. 우리들 신의 자리가 이젠 위태로워졌고요."

하얀 수염이 늘어진 모습을 한 영후가 말했다.

"보군 어머님 약으로 쓸 인간은 잘 크고 있나요?"

유유가 갑자기 생각난 듯 묻는다.

"네, 잘 크고 있습니다. 깨끗하게."

보군이 만족스럽다는 표정으로 대답했다.

"아! 네! 그럼 저는 보군 어머님께 인사 좀 할게요."

유유가 생긋 웃으며 인사를 하고 구름 저편으로 천천히 사라졌다.

수민이.

먹을 것 다 먹고 놀다가 돌아가는 친구들을 배웅 나온 수민이는 아파트 그 아래 큰길까지 친구들을 따라 나왔다.

그길로 버스가 다니기 때문이다.

"오늘 즐거웠어. 맛있는 것 많이 먹고 간다."

친구들은 인사를 하고 마침 지나가는 버스를 타고 떠나갔다.

아파트에서 내려오는 경사진 길로 아주머니가 유모차를 끌고 내려오고 있었다.

갑자기 이 아주머니 빈혈이라도 생긴 것일까.

비틀비틀하더니 쓰러져 버렸다.

아기를 태운 유모차는 경사면에서 빠른 속도로 큰 도로를 향해 내려가기 시작했다.

"저…… 저것!"

사람들이 유모차를 발견하고 급히 달려가려 했지만 이미 늦었다.

유모차는 이미 큰 도로에 들어서고 있었다.

그 위험한 순간이 수민이 눈에 들어 온 것은 바로 그때였다.

수민이 몸이 마치 그림자만 보이듯 빠르게 움직이며 아슬아슬하게 유모차를 잡아 세웠다.

끼이익.

승용차 한 대가 급정거를 하며 유모차 앞에 아슬아슬하게 멈췄다.

수민이는 얼른 유모차를 도로변으로 이동시켰다.

"야! 이 미친년이 뒈지려고 환장했냐?"

승용차에서 험상궂게 생긴 남자가 나오더니 수민이에게 욕을 하며 때리려는 시늉을 했다.

순간 수민이 두 눈이 파랗게 빛을 띠더니 발이 빠르게 움직였다.

퍽.

"윽!"

수민이 발이 험상궂은 남자 아랫배에 꽂히고 남자가 비명을 지르며 고개를 숙이는 순간. 수민이 손이 남자 얼굴을 향했다.

짝.

"누구에게 더러운 입으로 욕을 하는 것이냐?"

수민이 싸늘한 음성과 함께 남자의 뺨은 순식간에 4차례나 수민이 손자국이 나고 말았다.

남자 입에서 피가 철철 흘렀다.

"이······! 이년이!"

남자는 화가 머리끝까지 나서 두 주먹을 쥐고 수민이에게 덤벼들었다.

"그래도! 더러운 입으로..........!"

수민이 손이 다시 그림자처럼 변하며 남자 뺨을 4차례를 더 때렸다.

"큭!"

남자 뺨은 순식간에 퉁퉁 부었다.

덜컹.

승용차 문이 열리고 두 남자가 더 내렸다.

"멈춰라!"

다시 수민이에게 달려드는 남자를 멈추게 하는 음성이 나중에 승용차에서 내린 남자에게서 들렸다.

바로 장태진의 외아들 장국영이다.

"도련님! 죄송합니다."

남자는 얼른 한쪽으로 비켜서 고개를 푹 숙였다.

사람들이 하나둘 모여들었다.

"저 학생이 아기를 구했어요. 저 학생 아니면 아기는 큰 일 날 뻔했어요."

사람들이 떠드는 소리를 들은 장국영.

자신의 수하가 오해를 하고 잘못을 했다는 것을 알았다.

"미안하다! 오해를 한 모양이다."

장국영이 수민이에게 말했다.

"나에게 욕을 한 저 녀석이 잘못을 빌어야죠. 그리고 댁도 언제 봤다고 반말이에요? 죄를 뉘우치려면 그 말투부터 고치세요."

수민이가 단단히 화가 난 모양이다.

"와! 저 학생 대단하다."

사람들이 수민이 당당함에 감탄했다.

"이…… 이년이!"

장국영 옆에 서 있던 남자가 수민이에게 욕을 하며 앞으로 나섰다.

"그놈도 같은 놈이네. 더러운 입 오늘 고쳐주마."

수민이가 유모차를 구경하는 동네 아주머니에게 맡기고 방금 욕을 한 그 남자에게 다가갔다.

장국영이 묘한 표정을 짓더니 옆으로 피한다.

한번 붙어 보라는 뜻이다.

장 국영의 뜻을 알아차린 남자는 수민이 버릇을 고쳐 주겠다는 표정으로 두 주먹을 불끈 쥐며 앞으로 나섰다.

"방금 욕을 한 대가다."

수민이가 한 마디 하며 빠르게 움직였다.

퍽.

수민이 발이 남자 복부를 강타했다.

남자가 비명도 못 지르고 고통스러워하며 앞으로 몸을 숙였다.

키가 작은 수민이가 그때를 노린 것일까.

짝. 짝.

순식간에 남자 뺨을 4차례 때리는 수민이 손.

남자는 볼이 퉁퉁 붓고 입에선 피가 흘렀다.

"와! 1초에 한 손으로 4번을 때린다."

구경을 하는 사람들 입에서 감탄이 터졌다.

장국영도 그것을 똑똑히 봤다.

"그만!"

즉시 장국영이 수민이와 남자 사이로 뛰어들었다.

"얼른 이 학생에게 사과해라! 욕을 한 것은 잘못이야. 어서!"

장국영 말에 대꾸도 못 하고 두 남자는 수민이 앞에 섰다.

"미안…… 하…… 합니다."

두 남자는 결국 존댓말로 사과를 하고 말았다.

"정말 미안하게 됐어요. 용서해 주실 거죠?"

장 국영이 입가에 미소를 띠며 수민이에게 물었다.

"좋아요. 잘못을 뉘우치는데 뭘 더 따지겠어요."

수민이가 방긋 웃어 보였다.

"고마워요. 난 장국영이라 해요."

장국영이 수민이에게 악수를 청했다.

잠시 망설이며 장국영 얼굴을 살피던 수민이.

"난 수민이. 어제 터키에서 왔어요."

수민이는 장국영과 악수를 했다.

"복장을 보니 예원예고?"

"네! 1학년이에요."

"반가워요. 앞으로 우리 친하게 지내요."

장 국영이 말했다.

"흠! 설마 친구 하자고 하는 건 아니죠?"

수민이가 당돌하게 묻자 두 남자가 다시 인상을 쓰며 수민이를 노려봤다.

"마치 친구 아니면 적이라는 뜻 같네요? 좋아요. 친구 합시다."

아직도 악수를 한 손을 풀지 않은 채 장국영이 손을 흔들며 말했다.

"좋아! 그럼 친구로 하자! 친구끼리도 존댓말?"

수민이 당돌하게 다시 묻는다.

"하하……! 성격 한번 시원해서 좋다. 암! 친구끼리 무슨 존댓 말이야. 반말이 어울리지. 암!"

"흐흐…… 좋다! 국영이는 앞으로 내 친구다. 방금 그 맘 변치 마라. 우린 친구라는 생각을."

"허! 암! 암! 절대 안 변한다."

국영이 호탕하게 웃었다.

국영이 마음에 수민이가 쏙 들은 모양이다.

눈이 무척 크고 예쁜 것도 그렇지만 자신의 경호를 위해 데리고 온 두 남자를 마치 어린아이 가지고 놀 듯하는 괴력에 반했다고 봐야 옳았다.

"너희들은 이만 돌아가라! 여행은 취소한다."

국영이 두 남자들에게 말했다.

"네?"

두 남자가 무슨 뜻이냐고 묻는 표정이다.

"친구가 생겼는데 여행은 무슨. 오늘은 친구하고 저녁이라도 먹어야겠다."

국영이 두 남자에게 말을 하며 수민이 생각을 묻는 눈치다.

수민이가 고개를 끄덕거렸다.

"아이고! 학생 고마워요. 우리 아기를 구해 주셔서."

빈혈로 쓰러졌던 아기 엄마가 이제야 정신이 돌아온 모양이다. 수민이에게 고맙다는 인사를 했다.

"네! 아기가 무사해서 다행이에요."

수민이가 말했다.

"가자! 내가 오늘은 쏜다."

국영이 승용차 문을 열고 수민이에게 타라는 말투다.

"알았어!"

수민이가 망설임 없이 승용차에 타려고 하자 동네 사람들이 말렸다.

"학생 위험해."

"아무 곳이나 따라가면 안 돼."

동네 사람들 말에 국영이 몹시 난처한 표정으로 수민이를 바라보았다.

"괜찮아요. 친구 하기로 했는데 믿어야죠."

수민이가 미소를 띠며 승용차에 올라탔다.

국영이 동네 사람들에게 고개를 숙여 인사를 하고 운전석에 올라탔다.

동네 사람들이 혹시나 하는 생각에서 차 번호를 꼼꼼히 메모하고 있었다.

수민이에게 얻어맞은 두 남자는 아직도 현실처럼 느껴지지 않는다는 표정으로 비실비실 걸어서 멀어졌다.

딩동.

초인종이 울리자 모내가 현관문을 열어줬다.

아래층 아주머니였다.

"이 집 여학생이 어떤 남자를 따라갔어요."

아래층 아주머니는 수민이가 국영을 따라간 사실을 처음부터 모조리 모내에게 알려주며 걱정하는 눈치였다.

"아! 그렇군요. 알려주셔서 감사합니다. 제가 나가서 찾아보죠."

모내는 아주머니를 돌려보내고 곧 외출 준비를 했다.

"할머니도 참! 별걱정을 다 하시네. 그냥 놔둬. 누나를 이길 수 있는 사람이 어디 있다고."

헨리가 나가려는 모내를 막으며 말했다.

"누나가 아무리 강해도 수가 많으면 당하게 마련이란다. 물론 그 녀석은 불리하다 싶으면 탈출을 충분히 할 수 있는 능력도 있지만. 잘 보살펴 줘야 하는 의무가 있으니 잠시 내가 나갔다 오마."

"알았어! 잘 다녀와!"

헨리가 모내 앞을 막아섰던 자신의 몸을 옆으로 비켰다.

"갔다 오마."

모내가 미소로 헨리를 슬쩍 보다가 문을 열고 밖으로 나갔다.

"할머니가 손녀를 아끼는 마음이 아니고…… 제자를 아끼는 마음이야! 누나는 할머니의 수제자이니 아껴야지. 벌써 오래전 이야기네."

헨리가 혼자 생각에 잠겼다.

엄마 정미와 아빠 자린 스미스 사이에서 태어난 헨리 스미스. 태어나자마자 모내의 제자로 맡겨졌다. 어려서부터 기억력이 좋고 암기력이 좋아서 공부를 무척 잘했다. 특히 수학은 타의 추

종을 불허했다. 너무 공부를 잘하다 보니 헨리는 모내의 제자 자리를 수민이에게 넘기고 오로지 학업에 전력을 기울이기 시작했다.

그 흔한 살수 집단의 무예나 사격 등 모든 살수 수법 훈련에서 헨리는 제외됐다.

그것은 바로 정미가 헨리에게서 또 다른 세계를 꿈꾸기 시작했기 때문이었다.

헨리가 모든 학업에 전력을 기울여 3개의 박사 학위를 취득하는 동안 수민이는 모내에게서 혹독한 훈련을 받으며 최고의 살수로 자랐다.

모내의 주특기를 모두 자기 것으로 만든 수민이는 살수들 중에서도 가장 빠른 손을 갖게 되었다.

그렇지만 수민이는 단 한 번도 사람을 헤치거나 다치게 하지 않았다. 너무도 착하고 온순한 성격 탓에 살수들에게 키워지긴 했으나, 사람들과 어울려 놀기를 좋아했지 싸우는 것은 싫어했다.

누가 먼저 건드리지 않는 이상은 말이다.

"후후…… 그런 누나가 걱정이 된다. 할머니가 아직도 누나에게 가르쳐주지 않은 비기가 있는 모양인가? 아니면 누나가 요녀란 사실을 아직 모르나?"

헨리가 혼자 웃는다.

"할머니가 아직 가르쳐주지 않은 비기가 있다면, 누나는 엄마와 아빠에게 그리고 다른 할머니들에게 배운 비기가 있다는 것을 할머니가 모를 리 없는데. 그래도 걱정이 된다면 누나가 요녀란 사실은 모르신다는 이야기지. 아니면 배고프신가?"

헨리가 무슨 생각을 하는지 입가에 미소가 어린다.

"나도 잠시 외출을……!"

빙글 몸을 돌리는 헨리.

몸을 한 바퀴 도는가 싶었는데……

헨리 모습은 온데간데없었다.

"자! 친구. 뭘 주문하겠나?"

국영이 수민이를 데리고 간 곳은 유명한 양식집이다.

어린 소녀가 좋아할 만한 것을 찾아온 양식집인데. 수민이 얼굴은 그리 좋아하는 표정이 아니었다.

"엥? 왜?"

국영이 수민이 표정을 살피며 물었다.

"난……! 한국 음식이 좋은데. 다른 데 가면 안 돼?"

수민이가 몹시 미안하다는 투로 말했다.

"아하! 이 친구 이제 보니 한식을 좋아했군! 바로 옆에 한식 뷔페가 있으니 그리 가자고."

국영이 다시 자리에서 일어났다.

"아! 미안해!"

수민이 정말 미안하다는 표정으로 말했다.

"하하…… 미안하긴. 친구가 터키에서 왔다는 말을 잠시 잊었어. 늘 먹는 것이 양식이었을 텐데 말이야. 또 양식을 먹으라 했으니……."

국영이 수민이를 데리고 식당 문을 나서며 말했다.

"터키에서도 난 한국 음식을 좋아했어. 엄마가 한국 사람이라서 늘 양식보다는 한식으로 먹었지. 그래서 난 양식보단 한식 체질인가 봐."

"엄마가 한국 사람?"

"웅! 엄마 음식 솜씨는 최고야 특히 된장찌개, 매운탕 전문이야."

"아하! 그런데 궁금한 것은 무슨 손이 그렇게 빨라?"

"웅! 그…… 그건."

수민이와 국영은 옆 건물에 있는 한식 뷔페에 도착했다.

"우선 먹으면서 이야기하자."

국영이 뷔페 식당으로 들어가며 말했다.

"어서 오세요!? 안녕하세요? 상무님."

국영을 알아본 식당 직원이 인사를 했다.

"친구가 상무? 꽤 높은 자리에 있었네. 난 불량배로 알았는데."

수민이가 장난스럽게 웃었다.

"뭐? 불량배? 아하! 그 내 경호원들 때문이구나?"

"응!"

"후후…… 불량배라! 그래도 자신 있게 따라왔다? 그 배짱 한 번 알아줘야겠다."

국영이 정말로 수민이 배짱에 감탄을 한 표정이다.

"그래봐야 내 장난감에 불과하니깐."

수민이 한마디 내뱉고는 음식을 담기 시작했다.

국영도 얼른 그릇을 들고 음식을 골라 담기 시작했다.

"장난감이라……! 장난감! 유도 5단에 태권도 7단이라는 내 경호원 둘이 장난감……! 허, 참!"

국영은 수민이가 볼수록 신비했다.

"……!?"

수민이는 음식을 담다 무엇을 발견하고 잠시 멈칫했다.

저쪽에서 음식을 담고 있는 모내가 보였기 때문이다.

모내가 수민이 시선을 느끼고 한쪽 눈을 찡긋했다.

"할머닌 그냥 가도 돼!"

수민이가 표정으로 그렇게 말했다.

"할미도 배고프다."

모내 역시 표정으로 그렇게 말했다.

수민이가 빙긋 웃었다.

"많이 드세요."

수민이가 표정으로 그렇게 말했다.

"너도 많이 먹어라!"

모내 역시 표정으로 그렇게 말했다.

그런데.

저 구석 야구 모자를 깊이 눌러 쓴 소년이 앉아있는 것을 수민이도 모내도 전혀 느끼지 못했다. 바로 헨리였다.

헨리는 하얗게 웃고 있었다.

수민이와 국영은 같은 식탁에 마주 앉아 음식을 먹고 있었다.

"수민이 정말 한식을 좋아하네! 너무 맛있게 먹는다."

국영이 수민이 먹는 모습을 물끄러미 바라보면서 말했다.

"그래? 사실 중식은 너무 기름지고 양식은 내 입에 맞지를 않아. 구경만 할 거야?"

수민이가 말했다.

"아! 아니 나도 먹어야지."

"아직 부인과 아기들은 없나 봐?"

수민이가 국영을 힐끗 보더니 물었다.

"아직……! 장가를 못 갔어."

"내가 보니 친구 인물이나 금전. 뭐 하나 빠질 것이 없는데 눈이 높은 모양이야."

"허! 이제 고등학생 입에서 나올 말은 아닌데."

"친구끼리 나이가 무슨 상관이야? 나이 많은 친구를 상대하려면 눈높이를 맞춰야지."

"엉? 눈높이? 하하…… 이 친구 애늙은이가 다 됐군."

"다들 나보고 그런 말을 하지. 애늙은이라고 하기도 하고 또는 좀 모자란다고 하기도 하고. 너무 앞서 간다고도 해."

"무슨 말이야? 모자라다니?"

"아하! 가끔 내가 그런 장난을 치거든. 오늘도 학교에서 선생님들과 그런 장난을 쳤어."

"아마 친구 보고 모자란다고 하는 사람들이 정말 모자라는 사람 같은데."

"그렇게 생각해?"

"앙! 당근이지. 내가 본 수민이는 최소한 일반인들보다는 1세기는 앞서가는 사람 같아."

"이 친구 뭐 얻어먹고 싶은 게 있나 보네. 흐흐……."

"앙! 있지. 얻어먹고 싶은 게 하나 있어. 줄 텐가?"

"무엇인지 알긴 하겠는데…… 난 한창 공부를 해야 할 고등학생이란 사실을 잊지 마."

"허! 내가 뭘 얻어먹으려는지 이미 눈치를 챘군. 아르바이트란 것이 있는데......... 수업이 끝나고 몇 시간만 해주면 안 되겠나?"

"하루 2시간 정도는 가능하지."

"오케이."

"난 차가 없으니 학교로 친구가 직접 오던가 차를 보내줘."

"알았어! 고맙다. 보수는 넉넉히 계산하지."

"역시 보수 이야기가 나오는군!"

"아! 미안. 입단속을 한다는 것이 또 실수를 했네."

국영이 손으로 머리를 긁적이며 말했다.

"아! 그리고…… 아까 그 덩치들 모습이나 냄새는 정말 싫어. 친구가 직접 못 오면…… 될 수 있으면 같은 여자를 보내주면 고맙겠어. 남들이 보면 꼭 조폭들 같단 말이야."

"당근, 그래야지. 친구가 고등학생이란 걸 절대 잊지 않고 있을 게 염려 말라고."

"고등학생을 친구로 사귄다고 남들이 이상하게 생각할 텐데? 그건 어떻게 설명하려고?"

"맞아! 그게 고민이야. 난 진실을 말해도 아무도 믿지 않을 테니까. 이상한 눈으로 바라볼걸. 하하…… 특히 우리 아빠는 더 큰 오해를……."

"흐흐…… 장가를 안 가니까 아마 장가가라고 성화겠지. 어디서 꼬맹이를 데리고 와서 뭘 하나 생각하시겠지?"

"크크. 정말 애늙은이가 맞아! 뭐든 척척 눈치가 빠르다니깐. 아! 눈높이라 했지. 내 눈높이에 맞추는 중?"

"흐흐…… 아까 누가 상무라 하던데? 뭘 하는 회사야?"

"이제야 친구 정체가 궁금한 모양이군? 썩 내놓고 자랑을 할 그런 회사는 아니야. 아빠의 모든 것이지만……. 난 내 입으로 말하기조차 싫어서."

"됐어! 감이 오네. 더 이상 말 안 해도 알아. 조폭 같은 덩치들에 자랑할 것도 못 되는 회사라……! 딱 보니 사채업이네. 뭐 그 것도 다 사업 방식인데. 나쁘다고는 할 수 없지. 그래도 난 친구를 믿어. 아빠 대에서야 어쩔 수 없지만 친구 대에 가면 사람들과 어울려 살아가는 그런 사업체로 변할 것이라고."

"역시……! 이 친구 보통이 아니었어. 슬슬 무서워지기 시작하는데."

"엥? 도망치려고?"

"뭐? 하하……. 아무튼 나도 보통은 아니지. 수민이를 내 친구로 만들어버렸으니. 이게 아무나 할 수 있는 것 아니잖아?"

"흐흐…… 맞아! 맞아! 국영이. 너도 보통은 아냐."

수민이가 국영이, 너 어쩌고 하니깐 국영이 기분이 갑자기 묘해졌다.

나이로 따지면 수민이보다 국영이 6살이나 많다. 그런 수민이가 '국영이 너'라고 하니 국영이 기분은 참 묘했다.

허나 국영은 기뻤다. 신비한 소녀 수민이와 친구가 됐다는 것이. 또한 대담하게도 모두가 도련님! 도련님. 하고 상무님 이라 부르는데 당돌하게도 어린 소녀가 '국영이 너'하고 부르니 정말 친구가 생긴 기분이 들었다.

수민이와 국영이 저녁 식사를 끝내고 한식 뷔페를 나올 때.

모내 역시 이미 식사를 끝내고 식당을 나간 뒤였다.

또한. 헨리 모습도 보이지 않았다.

"

커다랗고 예쁜 눈을 원하는 욕구들이 생기면서
지구인들도 차츰 나처럼 눈이 얼굴의 4분지 1은 차지하는
예쁜 모습으로 진화할 거야

"

제2장

선녀 이야기

하얀 목련이 살포시 꽃망울을 터뜨리며 앙상한 나뭇가지를 덮어 커다란 솜사탕을 만들고

누군가 솜사탕을 먹다 떨어뜨린 것처럼, 한 올 하얀 실타래처럼 앵두나무가 가는 가지를 길게 목련나무에 기대어 꽃을 피우고 있었다.

그늘에 묻혀 자란 탓에 가늘고 긴 가지 하나가 다닥다닥 붙어 핀 앵두꽃 무개를 견디기 힘들어하는 모습이다.

그 옆 햇볕이 잘 드는 담장 밑에는 아무렇게나 생긴 돌들로 쌓아 만든 화단이 있고, 화단에는 누군가 방금 물을 뿌렸는지

물기를 온통 뒤집어쓴 장미 넝쿨이 이제 막 파릇파릇한 잎을 움트려 하고 있었다.

화단을 만든 돌 틈새로는 한 움큼 쑥이 자라고 있었다.

그 화단 옆에는 졸졸 소리를 내며 작은 플라스틱 파이프를 통해 물이 흐르고

물은 조그만 시멘트 수로를 따라 큼직한 연못으로 흘러 들어

가고 있었다.

10여 평 남짓한 연못에는 몇몇 금붕어와 비단잉어들이 헤엄치며 놀고 있는 모습이 보였다.

연못가에도 조그만 화단이 돌과 잔디로 봉긋하게 만들어져 있는데

화단에는 아직 아무것도 자라지 않고 있었다.

청바지에 초록색 티셔츠를 입은 청년이 지금 그 화단에 물 조리로 물을 주고 있었다.

이준석.

그 청년의 이름이다.

올해 21살 s대 3학년생이다.

검고 굵은 눈썹에 큰 눈동자, 오똑한 코. 꽤나 미남형이었다.

"이것들이 늑장을 피우네! 벌써 8시가 넘었는데……."

준석은 팔뚝에 찬 시계를 보며 혼자 투덜거린다.

"언제 가려고 아직도 안 오지……."

준석은 투덜거리며 물 조리를 연못 옆에다 놓고 정원을 걷기 시작했다.

넓은 정원은 200여 평은 돼 보였다.

잔디와 군데군데 화단으로 꾸며진 정원은 별로 특이한 것은 없었다.

붉은 벽돌로 쌓은 높은 담장 위에는 감시 카메라가 여기저기 보이는 것으로 보아 일반 주택과는 뭔가 달라 보였다.

"으씨, 이것들이 정말 짱나게 하네."

준석은 다시 투덜거리며 정원을 지나 푸른빛이 감도는 대리석으로 지은 크고 화려한 2층 건물 앞에 섰다.

큰 사각형 대리석을 쌓아 지은 건물로 100여 평 남짓해 보였다.

건물로 들어가는 입구는 둥근 유리관 형태로 2미터 정도 넓이에 5미터는 돼 보이는 길이로 이루어져 있었다.

준석은 성큼성큼 걸어가 거울같이 준석의 모습이 비치는 문을 열었다.

문 위에도 감시 카메라가 준석을 따라 움직이고 있었다.

준석은 잠깐 서서 뒤를 돌아다보며 누군가 기다리는 행동을 보이더니 건물 안으로 들어가 버렸다.

준석이 건물 안으로 들어간 후,

1분도 채 안 돼서 두 남녀가 정원 끝 육중한 대문을 열고 돌계단을 올라 정원으로 들어섰다.

"준석아, 나와라! 가자!"

해병대 군복 바지에 회색 점퍼를 입은 청년이 고래고래 소리를 질렀다.

청년은 스포츠형 머리에 안경을 쓰고 있었다.

김문직.

청년의 이름이다.

올해 21살 준석이와 동갑내기이며 y대 2학년이다.

문직이 옆에 서 있는 긴 생머리에 갸름한 얼굴 길고 늘씬한 몸매의 아가씨는 문직의 여자 친구 강혜미.

올해 20살로 y대 2학년.

"늦게 온 주제에 목소리는 커서."

준석이 투덜거리며 정원에 나타났다.

"하하…… 미안! 미안! 수경이가 급한 일이 생겨서."

문직이가 너스레를 떨며 말했다.

"응! 수경이한테 전화 연락 받았다."

준석이가 알고 있다는 투로 대꾸했다.

"마! 오늘 넌 솔로라는 걸 잊지 마!"

문직이가 준석을 약 올리고 있었다.

수경이는 준석의 여자 친구였다.

나이 올해 20살로 y대 1학년생이었다.

오수경.

그녀는 준석의 아빠 이선국의 친구인 오정환의 딸이었다.

준석의 아빠 이선국은 서울 시장이었으며 친구인 오정환은 국회의원이었다.

준석과 수경은 어려서부터 같이 자랐다.

고향도 같은 서울이었고 사는 동네도 같은 방배동이었다.

"그냥 우리끼리 가자!"

준석이 앞장서서 걸어갔다.

문직이와 혜미도 뒤따라 걷기 시작했다.

정원을 지나 돌계단을 내려 육중한 철 대문 옆 조그만 건물에 난 작은 알루미늄 문을 열고 들어간 준석은 하얀 코란도 지프에 올라탔다.

이 작은 건물이 차고였다.

문직이는 준석의 옆에 타고 혜미는 혼자 뒷좌석에 앉았다.

"가자! 오대산으로."

준석의 외침과 함께 차고 문이 올라가고 하얀 코란도 지프는 미끄러지듯 차고를 빠져나가고 있었다.

높고 뾰족한 산봉우리를 하얀 안개가 백사처럼 똬리를 틀고 부슬부슬 봄비가 내리고 있는 고갯길을 하얀 코란도 지프가 혼자 천천히 오르고 있었다.

도로라기보다는 차라리 오솔길이라 부르는 것이 더 어울렸다.

콘크리트로 포장을 한 좁은 길가로 울창한 나무들이 빽빽하게 들어 차 있어서 도무지 앞을 구분하기 힘든 길이었다.

더구나 촉촉하게 내리는 보슬비와 덩어리 안개들이 더욱 차량 속도를 더디게 만들었다.

휴일이지만 한참을 오르고 있는 동안 아무 차량도 발견할 수가 없을 정도로 한적한 산속 길이었다.

"여긴 아직 꽃이 피지도 않았네!"

혜미가 차창 밖을 내다보며 신기한 듯 중얼거렸다.

"꽃이 다 뭐냐! 눈이 오지 않는 것도 다행이지 하하…… 이제 거의 다 왔다. 조금 더 가면 걸어가야 할 텐데. 젠장! 비까지 오네! 그까짓 핸드폰 때문에 이게 뭐냐? 우린 우비 입고 갔다 올 테니 혜미 혼자서 차 안에 있어라!"

문직이가 못마땅하다는 투로 말했다.

"우비? 언제 준비했어?"

혜미가 신기하다는 눈으로 문직이를 바라보며 물었다.

"하하…… 여긴 늘 날씨가 이래! 전에도 이런 날씨였거든. 이

동네 사람들이 1년 중 6~7개월은 이런 날씨래. 하하……."

문직이가 자세히 설명하며 웃었다.

"수경이가 그 핸드폰 사건 때문에 준석 오빠와 싸웠다며?"

혜미가 이미 알고 있는 사실을 확인하듯 다시 물었다.

"말도 마라! 그 핸드폰 때문에 아직도 수경이는 날 의심하니깐."

준석이가 운전을 하면서 대답을 대신했다.

"그나저나 도대체 그 여자는 누구야? 이젠 전화도 안 받는다
며?"

문직이가 궁금하다는 투로 물었다.

"핸드폰 배터리가 다 됐을 거야! 벌써 일주일은 됐으니."

준석이가 말했다.

"준석 오빠도 그 여자하고 통화해 봤어?"

혜미가 물었다.

"응! 혜미가 화가 잔뜩 나서 찾아 왔더라고. 하하…… 등산 간
다고 하더니. 전화는 하니깐 이상한 여자가 전화를 받지. 도대체
그 여자는 누구냐고, 나와 무슨 관계냐고 따져서. 내 핸드폰에
다 전화를 해봤더니 어느 여자가 받더라고."

준석이가 아직도 그 생각만 하면 머리가 아프다는 듯 왼손으
로 머리를 탁탁 치며 말했다.

"그 여자가 뭐라고 해?"

혜미가 다시 물었다.

"누구냐고 했더니 자기가 선녀래. 하하……"

준석이가 호탕하게 웃었다. 생각만 해도 어이없다는 모습으로.

"선녀? 이름이?"

혜미가 호기심 어린 눈으로 준석을 바라보며 물었다.

"몰라! 내가 여보세요? 하니깐 히히…… 하면서 웃기에 누구세요? 하고 물으니 '나, 선녀'하면서 히히 웃고는 끊어 버렸어."

준석이가 자세히 설명해 줬다.

"다시 전화해 보지 그랬어?"

혜미가 다시 물었다.

"마찬가지야. 모두 5번 정도 전화 통화를 했는데 늘 통화 내용은 같았거든."

이번엔 문직이가 준석을 대신해서 대답했다.

"혹시 미친 여자, 미친 여자 아닐까?"

혜미가 물었다.

핸드폰 사건은 지난주 일요일에 문직이와 준석이가 등산을 왔다가 이곳 산등성이에서 미끄러지며 들고 있던 핸드폰을 벼랑 아래로 떨어뜨리며 일어났다.

봄비에 젖은 미끄러운 바위 아래로 내려가기 힘들이 그냥 핸드폰을 포기하고 서울로 돌아가면서부터 일이 꼬이기 시작했다.

준석의 여자 친구 수경이 준석과 통화를 하기 위해 핸드폰으로 전화를 건 것이 엉뚱하게도 어떤 여자가 받으면서 수경은 준석을 의심하기 시작했고, 준석이 집으로 돌아오자마자 달려와 눈물까지 흘리며 따졌던 것이었다.

준석이 아무리 해명을 해도 준석의 해명이 이해가 가지 않는 것은 사람들이 전혀 등산을 하지 않는 험한 산속이고 그것도 등산 장비를 모두 갖춘 준석도 내려가기 힘들었던 바위 벼랑 아래에 핸드폰을 떨어뜨렸는데 어떻게 여자가 그 핸드폰을 갖고 있느냐 하는 것이었다.

특히 준석이 핸드폰을 떨어뜨린 바위 벼랑은 20여 미터 중간에 바위가 갈라지고 깊게 홈이 나 있는 곳으로, 그 지점에서 다시 20여 미터는 깎아지른 절벽이었다.

그러니깐 40여 미터 절벽 중간에 핸드폰이 떨어진 것이었다.

그러니 수경은 물론 준석의 부모님들도 믿지 않는 눈치였다.

절벽을 타는 사람들이 오는 곳도 아니고 특히 비가 내리는 지난 일요일은 준석과 문직 이외는 등산하는 사람들이 아무도 보이지 않았다.

동네 사람들에게 물어봐도 1년 중 이곳 산행을 하는 사람들은 많아야 2~3명 정도라고 했다.

　동네 사람들이라고 해야 고작 산속 골짜기에 허름한 집 3채가 고작이었고 사는 사람들도 할머니 두 분과 할아버지 3명뿐이었다.

　"이해가 안 가네"

　혜미가 고개를 살랑살랑 저으며 중얼거렸다.

　"이해가 가지 않는 것은 나도 마찬가지다!"

　준석이 말했다.

　"일단 오늘은 동네 가서 민박을 하지? 비도 오는데?"

　문직이가 준석에게 물었다.

　"아니! 혜미만 동네에 머물게 하고 너와 나는 한 번 가보자!"

　준석이 마음은 한가하지 못했다.

　얼른 핸드폰의 행방과 그 문제의 여자가 누군지 밝혀야 부모님들과 수경의 의심을 풀어줄 수 있기 때문이다.

　주인공 이야기

　동해 바다 깊은 해저.

　"호호…… 이런 곳에 내릴 줄은 몰랐네.　물고기도 많고 물도

맑고, 아무튼 재미있어. 호호호……."

치기 어린 소녀가 동해 바다 깊은 곳에서 물고기처럼 헤엄을 치고 있었다.

"룰루~ 랄라~ 룰루"

소녀는 흥겹게 노래를 부르며 놀고 있었다. 신비하게도 소녀 주위엔 수많은 물고기들이 떼를 지어 함께 움직이고 있었다.

"좀 더 빨리 돌아. 응. 그렇게."

소녀의 말을 알아들었는가. 물고기들이 소녀 주위를 무척 빠르게 돌기 시작했다.

"캬캬…… 넌 참 이상하게 생겼다. 네 친구들 좀 더 데려와."

소녀는 눈앞에서 헤엄치는 오징어를 보고 말했다. 오징어는 소녀의 말을 알아들은 듯 물속으로 들어가더니 잠시 후 수많은 오징어들을 데리고 나타났다.

"너희들 이름이 뭐라고? 응? 오징어? 누가 지어준 이름이야? 아하! 인간들이?"

정말 소녀는 오징어와 대화를 하는 것일까?

푸우.

소녀가 물 위로 고개를 내밀었다. 소녀는 얼굴을 들어 하늘을 바라본다. 청명하고 맑은 하늘. 태양의 밝은 빛이 소녀 얼굴을 비췄다.

무척 큰 두 눈을 가진 신비한 소녀였다. 적당히 긴 머리는 약간 푸른빛을 띠고 얼굴은 마치 투명해 보이는 깨끗한 하얀 피부였다.

"음…… 미안, 애들아. 그만 놀아야겠다. 곧 먹구름이 몰려오고 파도가 심해질 것이야. 다음에 또 만나자."

멀쩡한 날씨를 보고 곧 먹구름이 오고 파도가 심해진다는 말도 그렇고. 물고기들이 소녀의 말을 알아들은 듯 소녀 주위를 한 바퀴 돌더니 물속으로 사라지는 것도 참 신비했다.

"이쪽으로 가면 독도란 섬이 있다고 배웠다. 빨리 움직여야지. 날씨가 어둡고 바람 불면 재미가 없단 말이야."

소녀는 다시 물고기처럼 헤엄을 치기 시작했다. 엄청난 속도였다. 마치 고속 보트처럼 물을 가르며 앞으로 나갔다.

빠르게 헤엄을 치던 소녀가 뚝 멈추었다.

"지도를 보면 이쪽으로 쭉 가면 독도라지, 아마? 그럼 이곳은 독도 근처?"

바다에서 헤엄을 치던 영미가 고개를 갸웃거리며 두리번거렸다.

"일본과 한국의 바다 경계선, 공해. 누구나 지나갈 수 있는 곳이 공해라지. 그렇게 책에서 봤다. 우주선을 타고 오는 동안 나는 선조님들의 나라에 대해 많은 것을 배웠다. 아이큐가 지능 지수라지. 지구인들은 얼마나 될까? 맑고 깨끗한 공기를 마시며 탁한 음식을 먹지 않고 심신을 단련하여 선조님들도 300은 됐다고들 한다. 사람들이 차츰 술과 담배와 마약에 찌들면서 그 유전자가 지능 지수를 떨어뜨려 무공을 배울 수 없다고들 했다. 최소 지능 지수 300은 돼야 무공을 배우고 공중을 날고 그럴 수가 있는데, 지구인들은 어떨까 궁금하다."

치기 어린 소녀 영미는 헤엄을 치며 생글생글 웃고 있었다.

"천국성에서도 95%는 무술을 못하지. 술과 담배와 마약은 천국성에도 있어. 그들 지능 지수는 겨우 120대야. 이 영미님에 비하면 말도 안 돼. 옆 별에 사는 쮸, 그 친구만 좀 되는 것 같던데. 헤헤…… 역시 영미님은 천재란 말이야. 헤이…… 헤이……."

영미가 신나게 놀고 있다가 뭔가 발견하고 헤엄을 멈췄다.

"저건 군대인가? 무기를 장착한 배다. 깃발을 보니 일본 배다. 이곳은 이미 공해를 벗어나 한국 경계선에서 독도에 가까운데, 왜 이곳까지 한국의 배들은 보이지 않는 거지? 아무도 없으니 몰래 들어 온 모양이다. 책에서 보면 일본은 야비하고 나쁜 종족이라고 했다. 선조들을 무던히 괴롭힌 침략자들이라고 했다. 어디 영미님이 지구에 온 선물로 혼을 좀 내줄까."

영미가 재미난 것을 생각한 모양이다.

일본 군함.

장교로 보이는 자가 맞은 편 상관처럼 보이는 자에게 일본어로 항의를 하고 있었다.

"이제 돌아가야 합니다. 한국에서도 이미 우리가 경계를 넘어 들어온 것을 인지했을 겁니다. 더 이상 머물다간 전투가 벌어지고 외교상 문제가 야기될 수 있습니다."

"빠가야루. 그딴 겁쟁이 정신으로 어찌 대 일본 군인이 됐나? 한국에서 알아봐야 소리나 지르겠지. 전투는 무슨, 그럴 배짱이 있는 나라냐? 햐. 좋다. 저 독도가 일본 땅이 돼야 이 바닷속에 있는 엄청난 해저 자원이 일본 것이 되는데. 너는 아느냐? 왜 우리나라 일본에서 저 보잘것없는 독도를 일본 것이라고 하는지?"

"모릅니다."

"저 독도가 한국 고유의 영토라는 것을 모르는 일본 사람은 없어. 다만 이 해저에 묻힌 엄청난 자원을 한국이 가져가는 것이 못마땅한 것이지. 그래서 한국도 못 가져가게 독도를 일본 것이라 우기는 거야. 또한 정치인들에겐 이런 이슈만큼 좋은 것도 없어. 흩어진 민심을 하나로 모으는 데 독도는 일본 땅이다, 하면 들개들처럼 민심이 우르르 몰려 하나로 통일되거든. 그러니 정치인들이 이런 좋은 표밭을 그냥 놔둘 리 없지. 이젠 사상까지 고치려고 교과서부터 손질하는 것 봐. 역시 누군가 말했듯이 민심은 개나 돼지 같은 거야. 정치인들이 개밥 하나 던져 주면 서로 물고 뜯고 자기들이 알아서 싸우거든. 그러니 정치하기 얼마나 쉬워. 다 독도가 있어서 그런 거야."

장교의 말이 막 끝났을 때다.

"그래? 역시 일본 놈들은 치사하단 말이야."

치기 어린 소녀의 음성이 들렸다.

둘은 급히 소리 나는 곳으로 고개를 돌렸다

생글생글 웃고 있는 영미가 그들 눈앞에 서 있었다.

치기 어린 소녀. 너무도 귀엽고 예쁜 모습에 두 군인은 얼이 빠져 있었다.

"너희들이 그 야비한 일본 놈들 앞잡이야?"

치기 어린 소녀의 입에서 욕이 나오자 그제야 정신을 차린 두 군인은 영미에게 동시에 물었다.

"넌 누구니?"

"나? 영미님이시다."

영미의 치기 어린 대답에 두 군인은 그냥 장난치는 소녀로 생각했다.

"지금부터 한국의 바다에 침입한 대가를 치르게 될 것이다. 이 영미님 손속이 무자비하다고 원망은 하지 말거라. 한 번도 악인을 용서하지 않은 영미님이시다."

말을 하는 영미 모습이 흐릿하게 변하면서 두 군인의 곁으로 다가왔다. 두 군인은 놀라 뒤로 물러나려고 했지만 이미 몸이 붕 떠서 바다로 날아가고 있었다.

"배를 몰고 갈 한 놈은 남겨 둬야지."

영미 모습이 그림자처럼 빠르게 움직이며 일본 군인들을 모조리 바닷속으로 던져 버렸다. 그리고 배 뒤로 가서 고사리 같은 손으로 배를 미는 시늉을 했다. 헌데…… 군인들은 바다에서 허우적거리는데 배는 쏜살같이 공해상으로 달아나고 있었다. 군인들은 헤엄을 쳐서 가까운 독도를 향해 필사적으로 움직이고 있었다.

영미가 배시시 웃으며 입을 동그랗게 모아 이상한 소리를 냈다.

"으악. 상어다."

갑자기 어디에서 나타났는지 상어 떼가 독도 방향에서 몰려오고 있었다. 군인들은 죽어라 안간힘을 쓰며 다시 공해상으로 도망치기 시작했다. 허나, 멀고 먼 바다. 그들은 파도에 휩쓸려 하나둘 물속으로 가라앉고 말았다.

"헤헤…… 너희들이 무슨 죄가 있느냐 하면 이 영미님 모습을 본 것이 죄다. 가서 소녀가 어떻고 영미님이 어떻고 하면 시끄럽거든. 그리고 한번은 혼이 나야 다시는 한국을 우습게 보지 않고, 해상을 침범하지 않을 것이니깐. 상어는 다시 돌려보내야지.

일본 군인을 잡아먹으면 바다에 비린내가 나거든. 그럼 이 영미
님이 수영을 못 한단 말이야. 더러워서. 히히……."

영미가 입을 동그랗게 모으고 다시 이상한 소리를 내자 상어
떼는 순식간에 사라졌다. 영미는 다시 물에서 수영을 하며 즐겁
게 놀기 시작했다.

"흠! 오고 있군!"

영미는 무엇을 기다렸나 보다.

앵앵.

사이렌 소리가 들리고 독도 경비대 경비정이 다가왔다.

"어라? 거기서 수영하면 안 돼요. 얼른 타세요."

경비정 군인이 영미에게 손을 내밀었다. 영미는 배시시 웃으며
경비정에 올라탔다.

선녀 이야기

덜컹덜컹.

굵은 돌들로 이루어진 길은 아무리 지프차라 해도 더 이상 오
르긴 무리인 것 같았다.

우주에서 온 소녀의 21세기 암행어사 ❶

참나무들이 빽빽하게 들어선 비탈길은 1미터 남짓한 넓이로 경운기 한 대 겨우 지나갈 수 있을 정도였다.

돌들을 쌓고 깔아 대충 만든 길이었지만 준석은 온갖 운전 기술을 다 발휘해서 천천히 오르고 있었다.

"아이쿠! 머리야!"

문직이 머리를 차 천장에 부딪혔는지 비명을 질렀다.

"호호…… 난 재미있는데."

혜미는 신기한 듯 차창 밖을 내다보며 즐거워하고 있었다.

"이제 그만 걸어가자! 차 다 망가지겠다!"

문직이가 준석에게 하는 말이다.

"조금 더 가면 넓은 공터가 있다! 거기다 차를 세워야 돌릴 수 있지!"

준석이 대꾸했다.

넓은 바위가 산비탈에 비스듬하게 누워서 공터를 이루고 있었다.

조금 작은 넓적한 바위와 중간 사이에 작은 돌들을 채워 누군가 공터를 만들어 놓은 흔적이 보였다.

"여기가! 오빠가 말 한 공터?"

혜미가 신기하다는 표정이다.

"그래도 여기선 유일한 공터다! 하하……"

준석이 공터에 차를 세우고 시동을 끄며 웃었다.

"여기서부터 얼마나 걸어야 마을이 나와?"

혜미가 걱정스러운 듯 물었다.

"아마 1시간은 걸어야 할걸."

문직이가 혜미를 놀리고 있었다.

사실 그곳에서 20여 분 걸으면 동네가 나왔다.

"난 어떡해? 우비도 없다며…… 쳇."

혜미가 난감한 표정을 지었다.

"하하…… 걱정 마라. 네 우비도 챙겨왔다. 그리고 잠깐이면 마을 도착한다. 아마 20여 분 정도. 하하……"

준석이 호탕하게 웃었다.

사실 혜미 우비는 물론이고 수경이 우비까지 미리 다 준비를 했던 것이었다.

"쳇! 몰라. 둘이 나를 놀렸잖아! 쳇……!"

혜미가 화난 표정으로 차 문을 열고 밖으로 나가 버렸다.

"하하…… 문직이 얼른 나가서 우비 챙겨주고 혜미 좀 달래줘라! 삐진 모양이다."

준석이가 문직이 등을 오른손으로 '탁'치며 웃었다.

"하하……."

문직이도 웃으며 차 문을 열고 밖으로 나갔다.

마치 저녁연기가 굴뚝에서 피어나듯 하얀 안개가 모락모락 피어나며 준석의 일행 앞을 가렸다 사라지고 다시 가렸다 사라지며 좁은 오솔길을 안내하고 있었다.

계곡의 시원한 시냇물이 졸졸 흐르고 돌다리를 놓듯 군데군데 냇물에 넓적한 돌을 하나둘씩 놓아 길을 만들었다.

굵은 참나무 고목들이 이리저리 쓰러져 마치 터널을 통과하듯 몸을 낮추고 걸어야 오를 수 있는 길이었다.

"이야! 저것 봐! 잎이 파랗게 핀 나무도 있네!"

혜미가 참나무 위를 손가락으로 가리키며 소리쳤다.

마치 소풍을 온 어린아이처럼 들뜬 혜미는 뭐가 그리 즐겁고 신기한지 입을 다물지 않고 지껄이고 있었다.

"그건 참나무겨우살이란 식물이야! 사철 저렇게 파란 잎을 갖고 있지!"

준석이 설명을 했다.

"혜미가 이런 시골은 처음이라 신기한 모양이야!"

문직이가 빙긋 웃으며 말했다.

"어! 집이다!"

혜미가 뭔가 손가락으로 가리키며 소리쳤다.

희뿌연 안개 사이로 억새풀로 이엉을 엮어 지붕을 덮은 작은 집 한 채가 보였다

큰 소나무가 한 그루, 마치 우산을 받쳐주듯 그 지붕 위로 긴 가지를 늘어뜨리고 서 있었다.

"그래! 저기서 혜미는 쉬고 있어라! 마음씨 좋은 할머니 할아버지가 사는 집이다."

준석이 말했다.

"그래! 전에 우리들도 저기서 하룻밤을 보냈단다. 할머니 음식 솜씨가 일품이지. 특히 고추장과 된장, 그리고 그 뭐더라……!?"

문직이 말을 하다 말고 준석을 바라보았다.

된장, 고추장은 알겠는데 다른 한 가지 맛있는 장 이름이 떠오르지 않았기 때문이다.

"응, 막장이라고 하시더라!"

준석이 얼른 말했다.

"그래! 맞다! 막장. 진짜 그 맛 짱이더라!"

문직이 입맛을 다시며 호들갑을 떨고 있었다.

"막장? 그게 뭐야?"

혜미가 호기심 어린 눈으로 문직과 준석을 번갈아 바라보며

물었다.

"응! 고추장과 된장 중간 정도인데. 우리들이 주로 먹는 쌈장하고 비슷한 거야! 매콤하면서도 맛있어!"

준석이 얼른 설명을 해줬다.

"다 왔네!"

혜미가 허름한 흙벽돌집 앞에 서서 중얼거렸다.

20여 평 남짓한 흙벽돌집은 계곡물이 흐르는 곳에 작은 돌들을 깔아 앞마당을 만들고 큰 돌로 기초를 쌓아 그 위에 흙벽돌로 나지막하게 집을 지었다.

지붕은 억새풀로 이엉을 엮어서 덮고 담장이나 대문 같은 것은 없었다.

"총각들 왔구먼! 색시도 왔네!"

인기척 소리에 방문을 열고 할머니 한 분이 고개를 내밀고 준석 일행을 반겼다.

70여 세 정도 되는 머리가 하얀 할머니였다.

"안녕하세요?"

준석과 문직이 동시에 인사를 했다.

혜미도 뒤따라 고개를 숙여 인사를 했다.

"뭔 일이래? 비 오는데……. 쯧쯧…… 어서 들어와! 어서!"

할머니는 마치 손자 손녀를 맞이하듯 무척 반가운 표정으로 방문을 활짝 열며 어서 들어오라는 손짓을 했다.

"할아버지는 어디 가셨어요?"

준석이 방 안으로 들어가서 할아버지가 보이지 않자 얼른 할머니께 물었다.

"요 산등성이 너머 홍 영감한테 마실 가셨어. 배들 고프지? 얼른 밥해줄게."

할머니는 일어나 작은 쪽문을 열고 부엌으로 나가셨다.

"제가 도와드릴게요!"

혜미가 쪼르르 따라 나갔다.

"신발을 신고 와야지!"

할머니께서 맨발로 부엌에 들어오는 혜미를 보고 하시는 말씀이었다.

"어머! 이게 뭐야!"

혜미는 그때서야 화들짝 놀라고 있었다.

부엌 바닥은 그냥 흙으로 되어 있었다.

서너 평 되는 넓이에 한쪽에는 장작더미가 쌓여 있고 진흙으로 아궁이를 만들어 그 위에 무쇠솥 두 개를 걸어 놓았다.

찬장이나 싱크대 같은 것들은 어디에도 보이지 않고 큰 항아리 하나가 부뚜막에 놓여 있을 뿐이었다.

부뚜막 위에는 진흙 벽으로 된 다락 같은 것이 있었는데 거기
엔 나무판자로 된 작은 문이 하나 있었다.

할머니는 그 문을 열고 큼직한 바가지를 하나 꺼냈다.

아마 그곳이 그릇을 넣어 두는 찬장 같았다.

할머니는 항아리에서 쌀을 퍼서 바가지에 담았다.

항아리가 쌀통인 것이다.

"신발, 여기 있다!"

문직이가 혜미 신발을 갖고 와서 혜미 발아래 내려놓았다.

혜미는 신발을 대충 신고 밖으로 나가시는 할머니 뒤를 따
랐다.

할머니는 부엌 뒷문으로 나가 바로 앞 개울물에 쌀을 씻기 시
작했다.

"색시는 뒷마당에 가서 막장이나 퍼 와! 그릇은 내가 바가지
꺼내던 곳에 있으니……."

할머니는 우두커니 서 있는 혜미에게 심부름을 시켰다.

"네!"

혜미는 얼른 대답하고 부엌으로 달려갔다.

"쯧. 막장을 알기나 하나! 총각들이 워낙 막장을 좋아하니 막

장 풀고 잔대찌개나 끓여 줘야지."

할머니는 혜미에게 시킨 심부름이 미덥지 않은 듯 서둘러 쌀을 씻어 들고 부엌으로 돌아왔다.

"……! 색시가 제법이구먼!"

할머니는 혜미가 막장을 제대로 떠 온 것을 보고 기특하게 생각했다.

혜미는 빙긋이 웃었다.

이곳에 오면서 준석과 문직이가 자세히 설명을 해 준 까닭에 혜미는 쉽게 막장을 찾을 수 있었다.

뒷마당에는 항아리가 4개 있었는데 하나는 간장 항아리였고 또 하나는 고추장, 그리고 된장 이 세 가지는 혜미가 잘 알고 있는 것들이므로 모르는 장이 바로 막장이란 것을 알 수 있었다.

"그래! 색시하고 총각들이 어쩐 일인고? 구질구질한 날씨에."

할머니가 아궁이에 불을 붙여 놓고 장작을 하나씩 넣으며 혜미에게 물었다.

"오빠 핸드폰 찾으려고요!"

혜미가 얼른 대답했다.

"핸드폰? 아! 그 들고 다니는 전화기 말이지?"

할머니가 물었다.

"네! 오빠가 핸드폰을 잃어버렸거든요!"

혜미가 할머니 옆에 쪼그리고 앉으며 대답했다.

"쯧쯧…… 어쩌다? 어디에서? 그거 비싸다던데……."

할머니가 물었다.

"저기 높은 산봉우리에서 절벽으로 떨어뜨렸어요."

준석이 부엌문을 열고 고개를 내밀며 대신 대답했다.

"뭐? 반녀봉에서 사암에다? 쯧쯧…… 찾긴 글렀구먼. 괜한 헛고생 했네."

할머니는 안타까운 표정으로 말했다.

"반녀봉요? 사암은 또 뭐고요?"

준석이 얼른 물었다.

"그 봉우리를 반녀봉 또는 모녀봉이라 부른다네. 저쪽 북쪽에서 보면 여자 반쪽 모양이라 해서 반녀봉. 저쪽 서쪽에서 보면 어머니가 아기를 안고 있는 모습이라 해서 모녀봉이라 부르지. 사암은 그 어머니 봉이 바위로 되어 있는데 50여 년은 괜찮다가 20여 년은 바위가 허물을 벗어 버리듯 바람이 불거나 비가 오면 마구 굴러떨어져 나무나 풀 같은 것들은 물론이고 노루, 멧돼지, 토끼 같은 짐승들도 맞아 죽거든. 그래서 사암 절벽이라 부른다네. 그 사암 절벽 아래에는 애기봉이 있는데 애기봉 아래만 무사하고 다른 곳은 다 굴러떨어진 돌멩이 때문에 폐허가 돼 버렸지. 아마 20여 년은 됐으니 이제 그칠 때도 되긴 했어. 올해도 계속 바위들이 굴러떨어지고 있으니 내년에나 그칠라나!"

할머니는 자세히 설명을 해 주었다.

"애기봉 아래는 왜 무사해요?"

혜미가 물었다.

"응! 애기봉이 굴러떨어지는 바위들을 막아 주거든. 그 골짜기를 멍골이라 하는데 멍골 맨 위에 애기봉이 있어서 애기봉 바로 아래는 떨어지는 돌이 애기봉에 막혀서 옆으로 굴러떨어지거든. 결국엔 멍골 아래쪽으로 굴러가지만. 아마 스무 마지기 정도는 무사할 거야. 거기가 강활 밭인데."

할머니는 말을 마치면서도 뭔가 아쉬운 표정을 지었다.

"스무 마지기? 그게 뭐에요? 강활은 또 뭐고요?"

혜미가 급히 물었다.

"스무 마지기란 논 3,000여 평 정도 넓이를 말씀하시는 거야!"

준석이 대신 대답했다.

"그럼 강활은?"

혜미가 다시 물었다.

"그건 땅두릅이란 것이지. 아마 색시도 먹어 봤을 텐데? 두릅

같으면서 향기가 나는?"

할머니가 혜미를 보며 이제 알겠냐는 표정을 지었다.

"아! 네! 먹어 봤어요! 호호."

혜미는 이제 알겠다는 듯 함박웃음을 지었다.

"그럼? 핸드폰은 못 찾겠네요?"

준석이 시무룩한 표정을 지으며 물었다.

"암! 그 바위에 매달렸다간 죽을 테니 포기하고, 기왕 왔으니 여기서 자고 내일 돌아들 가거라!"

할머니는 핸드폰 찾을 생각은 일찍 포기하는 것이 좋다는 표정으로 말했다.

"그럼 이상하네요! 누군가 그 핸드폰을 주워 전화를 받았는데."

준석이 혼잣말처럼 중얼거렸다.

"누가? 혹, 여자 아니던가?"

할머니는 화들짝 놀라며 준석에게 급히 물었다.

"네! 맞아요! 여자였어요!"

준석이 호기심 어린 눈으로 할머니를 바라보며 얼른 대답했다.

"선녀일 게야! 거기를 제집처럼 드나드는 사람은 선녀뿐이거든!"

할머니가 고개를 끄떡이며 말했다.

"네! 맞아요. 자기가 선녀라고 하던데요! 어디 살죠? 어떤 여자예요?"

준석은 이제야 문제의 선녀 정체를 알 수 있다는 생각에 다급히 물었다.

"총각이 딱하기도 하네. 선녀도 몰라? 하늘에서 내려온 선녀를?"

할머니는 준석을 무식하다는 표정으로 바라보았다.

"네에? 하늘에서 내려온 선녀라고요?"

혜미가 의문스럽다는 투로 물었다.

"그래! 그 사암 절벽엔 선녀가 자주 내려오지. 언젠가 박 영감이 모녀봉에 갔다가 사암 절벽을 날아다니는 노란 옷을 입은 색시를 보고 당신 누구요? 하고 물었더니 선녀라 하더라나. 그곳에서 선녀를 보았다는 사람들이 몇 있는데, 어떤 사람은 하얀 옷을 입었다 하고 어떤 사람은 파란 옷을 입었다 하는데 봄에는 파란 옷을, 여름엔 하얀 옷을, 가을엔 노란 옷을 입고 나타난다더군!"

할머니는 마치 옛날이야기를 하는 것 같았다.

요즘 세상에 누가 선녀를 믿는가.

준석은 더욱 미궁 속을 헤매는 느낌이었다.

"그럼? 겨울엔 어떤 옷을 입나요?"

혜미가 호기심을 갖고 다시 물었다.

"겨울엔 그곳에 간 사람들이 없으니 본 사람도 없지. 왜냐하면 눈도 많고 추워서 얼어 죽거든. 그러니 갈 사람도 없지."

할머니는 대답을 하면서 일어섰다.

밥이 다 된 모양이다.

무쇠솥 뚜껑 옆에서 식식 소리를 내며 김이 뿜어지고 있었다.

"할머니 아까 그 막장 담그는 방법 좀 가르쳐 주세요. 네?"

혜미는 할머니 앞에 마주 앉아 수첩과 볼펜을 꺼내 들고 할머니 얼굴을 바라보며 물었다.

할머니가 끓여주신 찌개가 무척 맛있었던 모양이다.

"응! 막장이란 말 그대로 막 담는 장이란다. 우선 메줏가루를 만들어 놓고 고추씨를 곱게 갈고 끝물 고추를 대충 갈아 놓고 보리밥을 꼬들꼬들하게 만들어 소금을 넣고 버무리면 되는데, 음…… 메줏가루는 1되 정도에 고추씨 가루 1되. 막 간 고춧가루 1되 정도. 보리밥이 서너 사발 정도면 대충 맞을 거야. 소금은 조금 짭짤하게 맞추고. 고춧가루가 많이 들어가면 고추장이 되잖아?"

"네!"

할머니 물음에 혜미가 알겠다는 듯 얼른 대답했다.

"막장하고 고추장이 다른 것은 고추장에는 붉은 고춧가루가 많이 들어가고, 그것도 곱게 간 가루가. 막장에는 끝물 고추나 말리다 잘못 말린 흰 알이 고추를 굵게 대충 갈아서 조금만 넣는다는 것이 틀리지. 색깔은 누렇게 보여도 찌개를 끓이면 얼큰하지?"

"네!"

할머니 물음에 혜미가 고개를 끄덕이며 대답했다.

"막장에 마늘종이나 더덕 같은 장아찌를 넣으면 마늘 냄새나 더덕 냄새가 나면서 더욱 맛있단다."

혜미가 할머니에게 막장 담는 방법을 배우고 있는 시간에 준석과 문직은 박 노인 댁에 가서 선녀에 관한 이야기를 듣고 있었다.

"선녀 만났던 이야기를 자세히 들려주세요! 네?"

준석이 할아버지와 할머니 앞에 무릎을 꿇고 공손히 앉아서 물었다.

역시 70대 노인들이었다.

할머니는 등이 많이 구부러진 모습이고 할아버지는 검은 구레나룻이 길게 늘어진 얼굴에 머리 역시 약간 흰머리가 있을 뿐 검은색이었다.

두 분 다 깡마르고 검게 그을린 전형적인 시골 노인 모습이었다.

"음! 그러니깐 작년 가을이었지. 복령을 캐러 갔다가. 점심을 먹으려고 사암 절벽 위에 앉아 있는데 뭐가 노란 물체가 절벽을 날아다니더군. 자세히 보니 사람인데 아주 예쁜 처자더군! 하도 신기해서 당신 누구요? 하고 말을 걸었더니. '나? 나, 선녀야!'하면서 웃더라고. 정말 선녀가 맞더라고. 노란 옷을 입고 나풀나풀 사암 절벽을 오르락내리락하는데 얼굴이 얼마나 예쁜지, 한동안 넋을 놓고 바라보다가 '거기서 뭐 하는 거요?'하고 또 물었지. 그랬더니, '심심해서 놀고 있어!'하고 대답하더니 획하고 애기봉 아래로 사라지더군."

할아버지가 아직도 그 생각만 해도 신기하다는 표정으로 이야기를 했다.

"애기봉 아래로요?"

준석이 다급히 물었다.

"그래! 애기봉 아래로. 그런데? 왜 그러나?"

할아버지가 대답을 하며 묘한 표정으로 준석에게 다시 물었다.

"아따 영감도 뭘 물어요! 총각이 관심이 있으니 그렇지! 예쁜 처자라는데 관심이 쏠리겠지."

할머니가 당연하다는 듯 미소를 지었다.

"모녀봉에서 애기봉이 몇 미터 정도 되죠?"

준석이 할머니 이야기엔 대꾸도 없이 할아버지에게 급히 물었다.

"대충 150미터쯤 될 텐데. 자네 정말 관심이 많은 모양이군. 허허. 아서! 꿈도 꾸지 마라! 자네들은 접근도 할 수 없는 곳이기도 하지만, 선녀를 만나기도 하늘에 별 따기보다 어렵지. 허허……."

할아버지 이야기는 선녀를 아무나 만나는 줄 아느냐, 재수가 좋은 사람만 만날 수 있다는 무언의 뜻이 내포돼 있었다.

"정말 날아다니던가요? 어떻게? 날개도 없이?"

문직이 궁금증을 참지 못하고 물었다.

"날지 않고 어떻게 사암 절벽을 오르락내리락하겠나? 두 팔을 이렇게 쫙 펼치고 날아다니던걸."

할아버지는 두 팔을 양쪽으로 펼쳐 보이며 말했다.

"혹시 할아버지 약초 팔러 장에 가 보셨죠?"

준석이 뭔가 집히는 것이 있는지 엉뚱한 질문을 했다.

"암! 닷새 장에 꼭 가지!"

할아버지가 당연하다는 투로 대답했다.

"혹시 강활이나 땅두릅을 자주 팔러 오는 사람은 없나요?"

준석이 할아버지 얼굴을 호기심 어린 눈으로 바라보며 물었다.

"강활? 음…… 이곳 지역엔 강활이 많이 나므로 팔러 오는 사람들이야 간혹 있지만, 그것도 시내 사람들이 캐다 기르느라고 다 캐가서 요즘은 찾기 힘들더라고. 그러고 보니 애기봉 아래 강활 밭이 그립구먼."

할아버지는 대답을 하면서도 못내 아쉬움이 남는 표정을 지었다.

"할아버지 잘 생각해 보세요! 요즘이나 작년에 강활이나 땅두릅 팔러 장에 오는 사람이 없었나요?"

준석은 포기하지 않고 다시 물었다.

"음! 자네가 관심이 많긴 많은 모양이군! 허허…… 아! 그러고 보니 작년 봄에 그 외팔이를 또 본 것 같군. 맞아. 외팔이가 작년에도 땅두릅을 한 가마니 정도 팔고 있었지."

할아버지는 갑자기 생각난 듯 말했다.

"그 외팔이가 작년에도?"

할머니도 아는 사람인 듯 할아버지를 바라보며 물었다.

"암! 작년에도 봤지! 그 외팔이가 횡계 장에 나타난 지 벌써

20여 년은 된 것 같지? 할멈?"

할아버지 물음에 할머니는 고개를 끄덕거렸다.

"혹시 그 외팔이란 분이 늘 땅두릅을 팔러 오나요?"

준석이 뭔가 알아차린 표정으로 다시 물었다.

"암! 그 외팔이가 봄엔 땅두릅을 팔아. 그것도 장마다 한 가마니씩 갖다 팔지. 가을엔 오미자나 머루, 다래도 따다 팔지. 여름엔 뱀을 잡아다 팔기도 하더군. 헌데! 왜 그러나? 이젠 외팔이한테 관심이 있나? 아니면 그 외팔이를 아나?"

할아버지는 준석에게 의문스럽다는 표정으로 물었다.

"아! 아닙니다! 혹시 애기봉 아래에 오미자나 다래, 머루 같은 것들도 많나요? 뱀도?"

준석이 다시 물었다.

"암! 오미자 넝쿨도 많고 다래, 머루도 많지. 특히 사암 절벽이 허물을 벗을 땐 뱀들도 안전한 곳으로 이동을 하니깐 애기봉 아래에 우글우글 하다고 하더군."

할아버지는 대답을 마치고 왜 그러냐는 표정으로 준석을 바라보았다.

"혹시 그 외팔이란 분이 물건을 사 가지는 않나요?"

준석이 다시 물었다.

"물론 생선이나 찬거리를 사서 가던데. 왜 그러나?"

할아버지는 대충 대답하며 준석을 의문스러운 눈으로 바라보았다.

젊은 사람이 외팔이에 관한 이야기를 꼬치꼬치 캐묻는 것도 그렇지만. 뭔가 알고 있는 듯 보이는 표정이 왠지 마음에 걸렸다.

"아! 아닙니다! 그냥. 한 가지만 더 여쭤볼게요. 혹시 여자 옷은 안 사 가나요? 외팔이란 분이?"

준석이 다시 호기심을 갖고 물었다.

"옷은 사 가는 것을 못 봤네!"

할아버지는 고개를 좌우로 가볍게 흔들며 대답했다.

"네에!"

준석은 실망스러운 표정을 지었다.

"뒷골 사는 강씨 할망구가 평창서 봤다 했잖아유! 여자 옷 사는 것을. 그래서 마누라가 있는 모양이라고들 했는데. 영감도 벌써 잊으셨소?"

할머니가 할아버지를 핀잔을 주며 말했다.

"그, 그래요?"

준석의 얼굴이 환해졌다.

뭔가 자신이 생각하고 있는 것이 맞았다, 하는 생각이 들었던 것이다.

"한 가지만 더 여쭐게요! 혹시 외팔이란 분 나이가?"

준석이 다시 물었다.

"아따! 젊은 사람이 관심도 많군! 그 외팔이가 20여 년 전에 열댓 살 어린아이였으니 아마 서른댓 됐겠네."

할아버지 대답에 준석의 표정은 다시 어두워졌다.

자신이 추리가 틀렸다는 생각 때문이다.

준석은 지금까지 이렇게 생각했다.

누군가 애기봉 아래 살고 그 딸이 선녀일 것이다.

하지만 35세 정도면 아무리 빨리 장가를 갔어도 이치에 맞지 않는다.

혹시 선녀란 여자가 15세 정도라면 모를까.

"할아버지!"

준석이 마지막 기대를 걸고 할아버지를 불렀다.

"왜 그러나?"

할아버지가 물었다.

"혹시 선녀가 소녀 같던가요?"

준석이 물었다.

"예끼! 선녀가 무슨. 어린아이 선녀가 어떻게 하늘에서 내려와? 아마 스무 살은 넘은 것 같던데. 우리가 보기엔. 그래도 수백 살은 됐을 거야. 안 그래 할멈?"

"그럼요! 선녀들이야 수천 살까지 산다던데. 그것도 항상 스무 살처럼 젊게."

할아버지 말에 할머니도 맞장구를 쳤다.

준석은 자신의 추리가 빗나갔다는 허무감에 할아버지와 할머니에게 인사를 하고 힘없이 일어섰다.

"아따! 오늘 날씨는 좋구먼!"

할아버지가 방문을 열고 밖을 보며 하시는 말씀에 혜미와 문직이 잠에서 깨었다.

"젊은 사람들이 꽤나 피곤했던 모양이구먼! 일어났으면 얼른 세수하고 밥 먹자!"

할아버지가 밖으로 나가며 문직이와 혜미에게 말했다.

"……! 준석이는요? 준석이 어디 갔지!"

문직이가 밖으로 나와 두리번거리며 준석이 보이지 않자 말했다.

"그놈 새벽에 모녀봉 간다고 가더군! 선녀가 보고 싶은 게지!

허허……."

할아버지 말씀이다.

"총각하고 색시는 먼저 가라던데."

할머니가 부엌에서 밥을 차리며 말했다.

"우리보고 먼저 서울 가라고요?"

혜미가 부엌으로 들어가며 물었다.

"그래! 전화로 이야기한다던데. 아마 전화하겠지."

할머니가 대답했다.

"아무튼 녀석은 못 말린다니깐……. 뭔가 의문이 가면 반드시
풀어야 직성이 풀리거든."

문직이 준석의 행동을 이미 예견이나 한 듯 고개를 끄덕이며
중얼거렸다.

"오빠! 그럼 우리끼리 그냥 올라가? 준석 오빠를 놔두고?"

혜미가 물었다.

"별수 있냐? 나중에 전화하겠지 뭐. 그나저나 아저씨 아줌마
한테는 뭐라 하지. 녀석이 전화도 안 할 텐데."

문직은 준석을 너무나 잘 알았다.

이제 서울로 올라가 자신이 준석이 부모님께 변명을 해야 한
다는 것을.

준석은 자신이 뭔가 의문이 가는 일이 있으면 반드시 풀어야

직성이 풀리고 의문을 다 풀기 전에는 부모님께 보고도, 허락도, 아무런 연락도 하지 않는다.

더욱 신기한 것은 그런 준석을 부모님이 걱정하지 않는다는 것이다.

연락이 올 때까지 기다리며 준석을 믿는다는 것이다.

특히 이번 일은 핸드폰을 받는 여자가 누구인지 반드시 밝혀야 준석 부모님도 마음이 편하고 수경이와 수경이 부모님을 대할 수 있기 때문에 준석에게 맡기고 기다릴 것이다.

"정말 알 수 없는 가족이라니깐. 호호……."

문직은 준석이와 그 부모님들 생각을 하며 웃었다.

<2권으로>